결정했어, 부담 갖지 않기로

이 인 석 지음

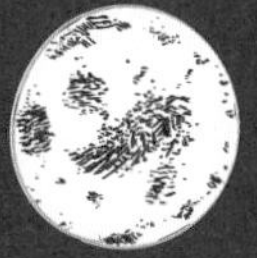

결정했어, 부담 갖지 않기로

이 인 석 지음

#1

/ 목 차 /

#2

#1

_01

선택이 모든 것을 결정짓지 않는다

연필깎이로 돌려 깎은 나의 연필들은 언제나 예쁘게 필통 안에 자리 잡았다. 가지런히 놓여있는 연필들을 볼 때면 기분이 곧 좋아지곤 했다. 그 연필들을 하나씩 하나씩 꺼내 들어, 선생님께서 말씀하시는 모든 것을 받아 적거나 매점 다녀오기 내기를 위한 연필심 부수기를 할 때 쓰곤 했다. 주목적으로 쓰일 때보다 훨씬 빨리 연필들이 내 필통 속에서 사라져 버리긴 했지만 내겐 재미있는 추억으로 남아 있다.

무엇보다 가장 효율적으로 연필이 쓰일 때는 다름 아닌 선택의 순간이다. 칼로 오각형 연필의 귀퉁이를 쳐내고, 좁디좁은 각 면에 번호를 하나씩 적어 넣는다. 그렇게 숫자가 적힌 연필을 데굴데굴 굴린다. 내 손을 떠난 연필은 책상 위를 자연스럽게 구불거리다가 마찰로 인해 한 자리에 딱 멈춰 선다. 그러면 나는 맨 위에 보이는 숫자를 시험지에 옮겨 적었다. 그게 나의 정답이었고, 풀 수 없는 모든 문제의 해결책이었다. 물론 가끔 '어느 것이 맞을까요. 알아맞혀 봅시다'라는 이상한 주문으로 둘 중 하나를 선택하는 일도 있었지만, 내게 연필을 굴리는 일은 인생을 결정짓는(?)시험에서 필요악이었다. 재미있는 건 정답율도 좋았다는 것이다. 진정한 확률 싸움이었고, 그 어떤 선택의 순간에서도 미련 없이 믿고 쓸 수 있었다.

그런데 요즘은 모든 걸 그렇게 쉽게 결정 할 수가 없다. 연필이 없어서가 아니다. 지금의 선택과 그때의 선택의 무게를 받아들이는 내가 달라졌기 때문이다. 5지선다라는 보기가 주어질 땐 그게 갑갑했는데, 익숙해지고 나니 보기가 없는 선택이 훨씬 더 갑갑하고 심지어 두려웠다. 나의 결정 하나에 많은 것이 휙휙 바뀌는 경험을 하고 나면 결정을 점점 미루고 싶어진다. 보기가 주어져도 너무 많으면 고를 수가 없다. 점점 더 결정하기가 힘들어진다. 모든 일이 내 손에 있지 않는 것 같은 느낌이다. 그런데도 내 손으로 결정해야 될 일이 생기면서 나는 '선택 장애'를 앓았다. 선택 후에 오는 '미련'이 나를 따라다녔다. 선택 받지 못한 것에 대한 미련 말이다. 보기가 많아

질수록 우리가 가져야 하는 미련이 많아진다. 아쉬운 것 투성이었다. 결국 미련들을 붙들고 놓아주지 않으면서, 지금의 선택에 대해 생각하고 또 생각한다. 혹시라도 내 선택이 잘못되었다는 걸 알게 된 날이면 내가 원망스러웠다.

나는 인생에서 대학 진학을 앞두고 처음 '위기감'이라는 걸 느껴봤다. 누가 혹시라도 '어느 대학 가려고?'라고 물을까 봐 사람들을 피해 다녔다. 대답일 뿐인데도 힘겨웠다. 지금까지의 모든 선택은 번복할 수 있는 여지가 있었지만 대학은 달랐다. 한 번 선택하면 그것이 평생 내 꼬리표가 될 것이고, 그것이 나의 진로, 나의 미래와 직접적으로 연관이 될 것이라 믿었기 때문이다. 꿈을 종용하는 세상에서, 안정적인 직장이 최우선인 세상에서 내게 대학과 학과는 너무나 무거운 주제였다. 수능을 치르기 위해 공부를 하고, 막연히 어딘가 가야겠다는 목표는 있었지만, 막상 시험을 치른 후에는 이전에 가졌던 모든 목표가 무의미해지고 말았다. 단지 지금 내가 두 손에 무엇을 가지고 있는지가 훨씬 더 중요했고, 그 중요함을 빌미로 무언가를 선택할 수밖에 없었다. 고민을 했지만 뚜렷하지 않았다. 늘 선택과 동시에 미련이 고개를 들었다. 그 미련이 나를 끔벅끔벅 쳐다보았다.

나는 호텔 경영학과를 고집했고, 아버지는 경영학과, 어머니는 학과에 상관없이 국립대만 가라고 하셨다. 나는 사실 그 어떤 것보다 그냥 멀리 떠나고 싶었다. 다행히 내 선택과는 상관없이, 멀리 있는 국립대 경영대학에 진학했다. 나는 선택하지 않았다. 오히려 조건에 맞춰 '선택되어졌다.'

'선택했다'는 말은 이상하게 어울리지 않는다. '선택되어졌다'는 말이 더 어울린다. 그러고 보면 선택은 늘 그랬던 것 같다. '선택했다'가 아니라 늘 '선택되어졌다'가 더 어울렸다. 어느 쪽의 미련이 더 가벼운가를 재기 때문이었는지, 아니면 그 선택을 감당해낼 만한 힘이 내게 없어서였는지 모르겠지만 선택된 내 시간을 보냈다. 그게 맞고 그렇게밖에 되지 않는 내 상황과 타협했다. 그럴 수밖에 없다고 생각했다.

'지금 일어날까, 5분만 더 잘까? 이 옷을 입을까? 저 옷을 입을까? 커피를 한잔 마실까? 말까? 점심으로는 무엇을 먹을까? 상사에게 이 이야기를 할까, 말까? 오늘 회의 때 이 이야기를 할까, 말까? 저번에 봐놓은 옷을 살까, 다른 걸 살까? 전화가 오면 받을까, 말까? 저녁으로는 무엇을 먹을까? 지금 잘까, 놀다 잘까?'

그냥 대충 헤아려 봐도 너무 많은 선택들을 했다. 덕분에 자잘한 미련들을 바닥에 떨어뜨렸다. 자꾸 뒤돌아보았다. 무엇을 선택하든 미련은 남는다. 다만 미련을 쳐다볼지, 선택을 쳐다볼지가 내가 할 수 있는 선택이었다. 그걸 깨닫는 데 꽤 오랜 시간이 걸렸다.

20세기 초 이탈리아의 한 남자는 선택을 깊게 생각하지 않았다. 그는 특이한 버릇이 있었는데 중요한 결정을 내려야 할 때 동전을 던졌다. 고민이 생기면 오래 고민하지 않고 동전을 던져서 선택을 한 것이다. 그는 여러 선택의 순간을 맞이했는데, 어느 날은 파리에 적십자사로 전근을 갈 것인지, 아니면 작은 디자이너 가게에서 일할 것인지를 결정해야 했다. 동전을 던져 앞면이 나오면 디자이너 가게에 가서 일을 배우기로 하고, 뒷면이 나오면 적십자사로 전근을 가서 일하기로 마음을 먹었다. 동전을 던졌고 앞면이 나왔다. 그는 뒤돌아보지 않고 패션계에 발을 들였다. 그는 생각보다 더 재능이 있었고 그 재능을 인정받아 최고의 디자이너였던 디올 밑에서 일을 하게 되었다. 시간이 지나 디올이 죽게 되자 이 이탈리아 남자는 디올의 후계자로 지명 받았는데 그 당시 그는 디올의 후계자가 되어 디올을 운영할 것인가, 아니면 자신의 브랜드를 론칭할 것인가를 선택해야 했다. 그리고 이번에도 동전을 던졌다. 결과는 자신의 브랜드를 만드는 것이었다. 그 브랜드를 우리는 피에르 가르뎅이라고 부른다. 그가 동전을 던져 결정한 것마다 모두 성공을 이루는 것을 보고 한 기자가 물었다.

"운이 정말 좋군요. 동전이 결정했는데 어떻게 선택마다 좋은 결과를 얻을 수 있었을까요?"

그 질문에 피에르 가르뎅은 이렇게 말했다.

"동전을 던져서 좋은 선택을 하게 된 것이 아닙니다. 선택을 가치 있게 만드는 것은 언제나 선택을 하고 난 후에 내 모습입니다. 결정이 되고 나면 나는 그 결정을 믿고 끝까지 밀고 나갔습니다."

우리의 선택은 과연 의미가 있는 것일까? 5개 중에 1개를 고르든, 2개 중에 1개를 고르든, 수많은 고민을 하든, 선택해 놓고 미련에 떠는 행동은 의미가 없다. 주사위는 던져졌다. 가볍게 선택하든, 수많은 고민을 해서 선택하든 선택보다 더 중요한 것은 선택하고 난 후 우리의 모습이다. "나는 쿨하게 5분을 더 자겠어. 나는 점심으로 돈가스를 먹겠어"라고 선택했다면, 그 선택보다 지금 당장 5분 동안 꿀잠을 자는 게 개이득, 다시 못 먹을 돈가스처럼 먹는 게 더 행복한 일이다. 고백을 할까 말까 보다 하든 안 하든 내 감정에 대해 책임질 수 있는 용기, 그게 더 중요하다. 선택은 결국 시작일 뿐이니까. 그 후부터가 진짜다. 선택 전엔 모두가 허상이다.

나는 그렇게 대학에 갔다. 내가 원하던 대학도 아니었고, 내가 원하던 과도 아니었다. 게다가 그 공부를 마치고 나서 전공과 관련된 일을 하지도 않았다. 하지만 그럼에도 나는 잘살고 있다. 무겁디무거웠던 그 선택은 내 인생에 큰 영향을 미치지 못했다. 그 선택 후에 놓인 삶을 살아가는 방식이 나를 다시 만들었기 때문이다. 선택이 모든 것을 결정지을 것 같지만 그 순간에는 사실 연필을 굴릴 정도의 용기만 있으면 된다. '그 선택 최고였어! 혹은 최악이었어!'를 판단할 수 있는 건 그 순간이 아니다. 선택을 살아가고 나면 그때 그 선택의 질이 만들어진다.

선택과 동시에
미련이 고개를 들었다

_02

일 년에 두 번 꼭 엄마, 아빠를 보러 가는 일

나에게 '아빠 차'는 마법과도 같았다. 어릴 때 겁이 많아 잠을 잘 못 이루는 날들이 참 많았는데, 이상하게 아빠 차에 오르기만 하면 세상모르고 잠이 들었다. 한참 시간이 지나서야 그게 또 다른 형태의 멀미라는 것을 알았지만, 나는 아빠 차만 타면 쿨쿨 세상모르고 자는 '잠만보'였다. 덕분에 눈을 뜨면 할아버지, 할머니 댁이었다. 비행기를 타고 오는 것처럼 순식간이었다. 하지만 그때 나는 아버지와 엄마의 마음이 어떤 것인지 몰랐다. 내가 마법에 걸려 있는 동안 그 긴 길을 운전해왔을 아버지의 노고와 수많은 어른들이 계시는 집으로 들어가야 하는 엄마의 부담감을 알 수 없었다.

초등학교에 다닐 때는 명절에 할머니, 할아버지를 보러 가는 것이 늘 즐거웠다. 할아버지가 쌈짓돈을 꺼내 쥐어 주시는 '한 개'의 용돈도 반가웠고, 오랜만에 보는 사촌들이랑 놀 생각에 설렜던 것 같다. 언제나 모이면 놀이터로 뛰어나가 어둑어둑 해질 때까지 신나게 놀았고, 집에 들어와서 다시 2차전으로 다른 놀이를 하면서 밤늦도록 놀 수 있었다. 집에는 맛있는 것들이 가득했고, 뛰어놀다 배고프면 집어 먹고 또 집어 먹으면서 행복한 하루를 보냈다. 하지만 머리가 커갈수록 할머니, 할아버지 댁에 가는 것이 점점 싫어졌다. 어른들은 나만 보면 아무렇지도 않게 "요즘 공부 열심히 하니?"물어왔고, 물음 뒤 뒤통수 너머에서 들려오는 어른들의 이야기는 어린 나이에 상처가 되었다.

결혼을 하면서는 또 다른 걱정거리가 생겼다. 나의 작은 실수가 아내의 처신이나 아내의 모습이 된다는 걸 느끼면서부터다. 나는 내 집이고, 내 엄마, 아버지이기 때문에 쉽고 편한 것들이 아내에겐 아닐 수 있었다. 결혼 전에는 집에 가면 밖으로 영화를 보러 간다거나 음식을 먹고 나면 세상모르게 누워서 내가 하고 싶은 일들을 했다. 나이가 들면서 조금씩 어른들의 물음에는 그렇게 큰 무게감이 없다는 것을 알게 되었고, 우리 집이 어느새 큰집이 되어 사람들이 찾아왔다. 그래서 나는 집에서 쉬며 자유로운 시간을 보냈다. 그런데 결혼을 하고 나니 내게 너무나 당연한 것들이 아내에게는 당연하지 않았다. 아내는 시종일관 바빴다. 몸이 바쁜 건 둘째 치고, 마음이 바빴다. 아내는 작은 것 하나라도 놓치면 안 된다는 일념으로 신경을 곤두세우고 있었다. 때로는 아무것도 하지 않아도 힘들겠다 싶었다.

한번은 온 가족이 모여 식사를 했다. 상차림이 엄청났다. 아내는 이미 음식 준비를 돕는다며 어른들 옆에서 보조를 한 터라 꽤 오랫동안 부엌에 있었다. 나는 아내를 돕겠다고 나섰다. 식구들이 모두 식사를 하고 있는데, 혼자 슬그머니 주방에 들어가서 설거지를 시작했다. 한참 설거지를 하는데 어른들이 나를 찾는 소리가 들렸다.

"인석이 뭐 하니?"

"아, 설거지해요."

"아이고, 인석이 장가가더니 달라졌네."

"와이프 힘들까 봐 그러나, 이야!"

어른들은 한 마디씩 거들기 시작했다. 무게가 없는 말이었다. 내가 전에 없는 모습을 보여준 것을 칭찬하는 분위기였다. 그러나 그때 딱 한 사람, 아내는 불편해 했다. 곧장 자기가 하겠다며 서둘러 내게로 왔고 고무장갑을 꼈다. 나는 아내에게 말했다.

"아니야, 내가 할게. 좀 쉬어."

아내는 민망한 눈으로 나를 쳐다보며 말했다.

"당신이 여기서 이러고 있는데 내가 어떻게 쉬어? 얼른 어른들께 가봐!"

아내는 내가 나서는 것을 부담스러워했다. 몸은 힘들어도 마음은 편하고 싶어 했고, 그 안에 진심이 들어가니 또 모든 것이 더욱 부담스러울 수밖에 없었다. '잘하고 싶다, 예쁨 받고 싶다, 사랑받고 싶다'는 마음이 명절 내내 아내의 마음속에서 떠나지 않는 것 같았다. 많은 일을 했지만, 사실 아무 일 하지 않아도 아내가 겪어야 할 부담감이 얼마나 클지 예상이 되었다. 그리고 곰곰이 생각해보면, 그 오랜 시간 동안 그런 시간을 참고 견뎌왔을 7남매 맏이이자 큰며느리인 엄마의 고생도 눈에 훤히 보이기 시작했다.

어디 엄마와 아내만 그랬을까? 아버지는 아버지 나름대로, 작은아버지들, 고모들, 고모부들, 어디 한 명이라도 정말 마음 편히 있을 자리가 아니었는지도 모른다. 명절은 분명 기쁘고 즐거운 시간이다. 하지만 서로가 사랑하는 만큼 수많은 기대와 걱정 그리고 관심이 산재한다. 서로에 대한 안부부터 작고 큰일들, 음식을 준비하는 일과 음식의 맛, 손님들의 수와 그에 맞는 응대, 해마다 해야 하는 선물들에 대한 기대, 특별히 더 챙겨야 할 무언가들, 서로에 대한 관심, 그 안에서 느끼는 열등감과 우월감, 상처받고 상처 주는 순간을 맞닥뜨린다. 취직을 준비하고 있을 때, 입시를 준비할 때, 결혼하기 전 친척들의 관심은 관심인데도 칼인 경우가 많았다. 그들은 '호-' 하고 부는데 나는 태풍처럼 느꼈다. 아팠다.

'무슨 힘으로 우리는 그 무거운 부담감을 받아들일까? 엄마는 어떻게 수많은 시간 그 큰 부담감을 희석하셨을까? 그럼에도 불구하고 그 먼 거리를 매번 지치지 않고 고향으로 내려가는 사람들의 얼굴의 미소는 어디서부터 나오는 걸까?'

아마 명절이라는 그 시간들을 보내온 진짜 힘은, 그 수많은 '부담'에 예쁜 마음들이 자리 잡고 있기 때문은 아닐까 싶다. 해야 할 일을 기꺼운 마음으로 해낼 수 있는 힘이다. 때로는 지칠 수도 있고 아플 수도 있고, 철퍼덕 주저앉고 싶을 때도 있다. 짜증나고 화가 나기도 한다. 하지만 서로의 적당한 부담감이 예쁜 마음으로 표현된다. 누군가는 피해버리고 도망가기 바쁜 어떤 것들에 대해서, 기특하게 하나씩 부득부득 예쁜 마음을 보여주고 산 우리들이 예쁜 것이다.

이제는 아빠 차를 타고 할아버지, 할머니께 가는 게 아니라 내가 차를 몰고 아버지, 어머니께 간다. 일 년에 두 번, 꼭 엄마, 아빠를 보러 가는 일, 아니 일 년에 두 번 꼭 서로의 엄마, 아빠를 보러 가는 길. 적당한 부담감을 마음속에 두고 서로 돌봐주면 된다. 서로의 노력을 알아차려주면 된다. 그렇게 할 수 있는 일들을 해내고 나면 우리 사이에 꽃이 핀다. 아내는 돌아오는 길에 "아버지가 초콜릿을 잘 드시더라. 다음에 더 사가자, 어머니 힘드셨을 텐데 도착하면 전화부터 드리자, 다음번엔 어머니랑 맛있는 거 먹으러 가자, 다음 명절에는 양갱을 만들어 가자. 좋아하실 거야"하며 방금 그 수많은 일을 해놓고도 또 일을 만든다. 아내의 얼굴에 기쁨이 묻어있다. 일 년에 두 번, 이제 아빠 차의 마법은 없지만 가족을 다 만나는 기쁨의 마법은 여전하다.

_03

목표는 늘 그 자체에 있지 않고 과정에 있다

다음 단계에 돌입한다는 것은 일정한 노력을 요구한다. 목표를 이룬다는 건 사실 꽤 많은 것을 포기하고, 꽤 많은 것을 얻는 것이라 할 수 있다. 그래서 그런지 목표를 이룬 주변의 사람들을 보면 참을성이 대단하다. 한 번씩 언론에 공개되는 유명한 스포츠 스타들의 손과 발에는 쉽게 감당하기 힘든 류의 노력과 실패들이 묻어있다. 한 가지 일을 해서 수준 이상에 도달한 달인들의 마음과 몸에는 셀 수 없는 굳은살이 박혀있다. 가끔 궁금했다. 그들은 무슨 비결로 힘든 고통을 이겨냈을까. 나는 50분을 뛰기로 굳게 결심하고 러닝머신 위에 올라 달려도 40분쯤 뛰면 '충분해 충분해'라며 타협하고 내려오는데 그들은 '한 번만 더, 1분만 더'를 해내는 것이다.

내가 말하고 내가 부담 받는 것이 '목표'다. 그리고 우리는 목표만 있으면 이뤄낼 수 있는 것처럼 여기며 매일, 매주, 매월, 매해 목표를 세운다. 크게는 '어떤 사람이 되겠다, 몇 년 안에 무엇을 이뤄내겠다, 이번 달엔 여행을 가겠다, 이번 주엔 프로젝트를 마무리하겠다, 오늘은 기필코 맡겨진 일을 마무리 짓겠다.' 하지만 어떤 순간이 되면 여러 가지 이유를 만들며 이 '하겠다'가 무너진다. 해야 할 일은 해도 해도 끝이 없다. 이뤄야 할 것들은 매번 새로 생겨난다. 집중을 할 수가 없다. 그러다 툭하고 한계점에 부딪힐 때 우리는 멈춘다.

운동을 같이 하고 싶다는 열망을 담아 아내에게 바람을 넣었다. 요가는 부부가 같이 하기도 좋은 운동이고 별로 힘들지도 않아서 할 만할 거라며 설득했다. 그래서 일주일에 2번으로 시작해도 될 요가를 일주일에 5번을 나가는 걸로 수강했다. '운동은 매일매일 해야지'라는 나의 목표였다. 요가를 해보기 전까지는 가벼운 운동, 부드럽고 여성스러운 운동이라고 생각했다. 하지만 생각보다 힘들고 고통스러웠다. 단순하게 땀을 흘린다는 것을 넘어서서 쓰지 않는 근육들을 자극하고, 이완·수축되지 않는 몸을 늘였다가 좁히는 매우 힘든 과정이었다. 2번째 가는 날에는 집밖을 나서기가 쉽지 않았다. 돈을 냈으니 억지로 갔다. 그런 내 마음을 읽었는지 2번째 수업에서는 강사가 이야기로 수업을 시작했다.

"요가를 하다 보면 분명 고통스러운 순간이 와요. 고통이 오기 전까지 우리는 그 자세를 하는 데 어떠한 어려움도 느끼지 못하죠. 즉 마음속에 부담감 혹은 포기하고 싶다는 마음이 들지 않아요. '요가'라는 것의 기본적인 뜻은 결합인데, 여기서 말하는 결합이란 몸과 마음 그리고 의지의 결합이에요. '요가'는 분명 몸을 쓰는 운동이지만 의지를 통해 마음과 결합해가는 과정이죠. 요가 동작을 하다 보면 일정 순간에 고통이 오는데, 바로 그때부터 마음이 작동하기 시작해요. 그전까지는 동작을 따라 운동하는 동안, 마음은 전혀 작동하지 않죠. 바로 고통이 찾아오는 순간 마음이 쿡 하고 치밀어 오르면서 작동해요. 우리의 행동에 제동을 걸기 시작하는 거죠. '어? 아픈데, 어? 괴로운데' 하면서 더 할 수 있는 마음을 내려놓고 거기서 멈추게 돼요. 바로 그때 긍정적인 의지가 필요합니다. 그렇게 아픈 순간 긍정적인 의지를 가지게 되면, 그 고통이 고통으로 끝나지 않고 알 수 없는 시원함으로 다가와요. 꼭 그 자세를 해야 한다고 생각할 필요는 없어요. 아픔을 받아들이는 순간 몸으로, 마음으로 느껴지지 않는 미세한 변화가 목표를 위한 한 걸음이에요."

우리 마음속의 불편함과 부담감이 그렇게 작동하는 것이란 걸 깨달았다. 그것이 우리를 포기시킨다는 것도 알게 되었다. 우리는 우리가 편하고, 쉽게 할 수 있는 일에 대해서는 거부감을 잘 느끼지 못한다. 부담돼서 끝까지 하지 않고 주저앉는 일도 없다. 어렵고 힘겨운 일을 만날 때만 그렇다. 해야 할 일에, 이루고 싶은 일에 마음이 작동한다. '지금부터는 좀 더 힘써야 할 거야'라고 이야기해준다. 더 힘을 쓸 수 없다면 '여기서 멈춰야 할 거야' 속삭인다. 마음이 작용하는 순간부터 진짜가 시작된다. 여기서 결정된다. 목표에 대한 나의 애정과 실패를 도전의 과정이라고 바라보는 시각의 힘이 만들어진다. 그렇지 않고서야 말도 안 되는 결과를 이뤄낼 수 없는 것이다.

악! 하고 고통이 느껴진다고 실패한 것이 아니다. 넘어져서 무릎이 까진다고 실패한 것이 아니다. 도저히 더 못하겠다고 생각이 들 때도 실패한 것이 아니다. 끝난 것이 아니다. 그때부터가 시작이다. 할 수 있는 데까지 했다면, 한 번 이겨내는 힘을 발휘했다면 그게 딱 한 번이라도 충분하다. 그 부담감을 마주하고도 조금 더 뻗어나갔다면 충분하다. 과정을 지나오면서 우리는 무엇인가를 얻고 있다. 마음의 작동에 조금씩 부딪히면서, '그만두고 싶다, 포기하고 싶다'는 마음의 움직임을 조금씩 극복하면서, 부담감을 온몸으로 받아가면서 우리가 필요한 것들을 조금씩 만들어간다. 긍정적인 의지는 어쩌면 우리 앞에 놓인 그 순간을 인정하는 것이다. 원대한 목표가 아니라 작은 노력의 과정이 만들어가는 순간을.

나는 오랫동안 '부담'이라는 감정을 오로지 불편함으로만 느꼈다. 하기 싫고, 귀찮고, 짜증나는 것이었다. 그런데 그 순간을 인정하면, 아주 조금씩 나를 만들어갈 기회를 얻게 된다. 요가만 그런 것이 아니다. 목표를 향해 가는 과정에서의 부담감은 늘 있어왔다. 얼마만큼 남았는지를 보는 것은 도움이 안 된다. 오늘 마음이 작동하는 순간을 겪어내는 게 더 중요하다. 포기한다고 해서 실패한 것도 아니다. 이뤄내야만 무언가를 가지고 가는 것도 아니다. 포기에도 질이 있다. 다시 일어나면 된다. 오늘이 아닐 뿐이다.

사람들은 마지막 과실로만 그 달콤함을 확인하려 하지만, 햇볕을 온몸으로 받아내고 비바람에 흔들린 시간들이 있었기에 그 달콤한 순간도 존재한다. 우리 마음속에 일어나는 부담감을 마주하면서 우리는 조금씩 성장하고 있는 것이다. 그런 날들을 통해 나아가고 있다.

'아, 뿌듯하다'는 감정은 공짜가 아니다. 멀리 바라보고 달리면 지치고 힘들다. 하지만 오늘 하루 우리에게 오는 수많은 해야 할 일에 대한 부담감을 인정하고 나면, 어느새 해낸 일들이 내 눈앞에 와있는 순간을 발견한다. 그래서 목표는 늘 목표에 있지 않고 그 과정에 있다.
지금 순간을 인정하면 부담스럽다. 하지만 그때 비로소 당신은 업그레이드된다.

_04

너를 위해 나를 지키고 싶다

많은 나이는 아니지만 세월이 흐르면서 여기저기 아픈 데가 많아진다. 한 번도 아파 본 적 없는 부위가 아프기도 하고, 그냥 스쳐 지나갈 거라 생각했던 병이 내 몸에 새겨지고 있다는 느낌이 들기도 한다. 병은 왔다가 떠나는 게 아니라 잠시 감춰질 뿐 언제 어디서든 훅훅 치고 들어온다는 것을 알게 되었다. 지난겨울 내내 나를 괴롭혔던 병은 '콜린성 알레르기'라는 난치성 피부병이었다. 두드러지게 표가 나는 것이 아니라 보이지 않게 나를 괴롭게 했다. 병원에서는 일반적으로 면역 체계가 망가지면서 오는 병이며 병변이 뚜렷하지 않다고 했다. 어떤 사람은 좁쌀만한 붉은 반점이 온몸에 퍼지기도 하고, 또 아무런 병변 없이 통증만 느끼기는 사람도 있다고 했다.

나는 2016년 초겨울에 이 병을 다시 앓기 시작했다. 어릴 적 잠시 내 몸에 스쳐 지나갔던 것이 다시 몸 위로 올라온 것이다. 숨을 쉬기도 무서웠고, 조금만 긴장을 하거나 갑자기 온도가 바뀌면 몸에서 곧장 반응을 보였다. 콜린성 알레르기를 겪는 사람들은 '작열감'이라고 표현하는데, 이 반응이 올라오면 온몸이 따가워서 서 있을 수도 없고, 너무 괴로워서 소리를 지를 수밖에 없다. 약을 먹어도 쉬이 가라앉지 않아서 그저 온몸으로 고통을 감내해내야만 한다. 뚜렷한 약도 없고, 주사도 없다. 대부분의 면역 관련 질병이 다 그렇듯, 체질 개선과 식습관 조절만이 답이라고 했다. 나는 이 병 때문에 겨울 내내 몸을 웅크리고 있어야 했다. 순간순간 다가오는 작열감에 목 놓아 울기도 했고 몸을 할퀴기도 했다. 서울역 귀퉁이에 앉아 끓어오르는 작열감을 식히기 위해 냉장고에 있던 1.5L 페트병의 물을 온몸에 뿌려야만 했다. 겨울에 되면 증상이 심해졌고, 날이 조금씩 따뜻해지고 나서야 가라앉기 시작했다.

그래서 나는 지금도 다가올 겨울이 무섭다.

그때 처음 겁이 났다.

'이렇게 계속 아프면 어떻게 해야 하지?'

회사에 출근할 수도 없고, 일상생활이 불가능한 지경까지 상황이 악화되면서 머릿속은 복잡해지기 시작했다. '내가 이렇게 아프면 우리 아내는 어쩌지, 이렇게 아파서 괴로워하다 아무것도 할 수 없게 되면 그때 나는 내 가족에게 어떤 존재가 될까?' 아파서 골골거리는 내게 건강한 음식을 해주는 아내에게 미안해지기 시작했다. 그러면서도 시종일관 나만 바라보며 발만 동동거리는 아내에게 치밀어 오르는 고통 때문에 짜증을 냈다. 세상에 하나뿐인 아내에게 '님'이 아니라 '짐'이 되는 기분이었다. 아프다는 것 하나만으로도 숨찬 삶에, 곁에서 같이 괴로워하고 있는 가족을 보는 것은 부담이었다. 내 두 어깨에 짊어진 삶의 책임감과 그 이후에 벌어질 일들이 가늠되지 않았기 때문이다. 건강이 무너지기 시작하면서 가슴속에서 모든 것을 잃어버릴 것 같았다. 두렵고 마음이 무거웠다. 한 번도 느껴본 적이 없는 긴장감이었다. '아무 일 없겠지, 설마 큰 병은 아니겠지?'라고 쉬이 넘겨오던 순간들이 이제는 목을 조여 왔다. 통증이 너무 심하던 어느 날은 급기야 '내가 죽으면 어떻게 될까? 내 아내는 무슨 힘으로 살아가지? 우리 집 살 때 빌린 돈을 아내 혼자서 어떻게 갚지?'처럼 현실적인 문제부터 아주 섬세한 감정적인 문제까지 셀 수 없을 만큼 많은 걱정들이 머릿속을 헤집고 다녔다. 아프지 않았다면 하지 않았을 고민들이었다. 나는 그날 내가 사랑하고 아끼는 모든 사람들에 대한 생각을 더 깊게 할 수밖에 없었다.

엄마는 종합검진 받는 걸 두려워하신다. 그래도 일 년에 한 번, 아니 2년에 한 번은 받으셔야 한다고 엄마랑 한참 실랑이를 벌인 적이 있다. 초기에 발견만 한다면 얼마든지 나을 수 있는 병이 많다고 계속해서 설득하고 또 설득했다. 하지만 엄마는 내가 건강검진 이야길 꺼낼 때마다 딱 한마디로 내 모든 말들을 잘라내셨다.

"검사 받고 결과 기다리다가 숨 막혀 죽을 것 같아. 싫어, 안 할래."

엄마는 두려워하셨다. 예전에 아팠던 기억이 떠오르는 것부터, 자신의 병이 영향을 줄 미래를 피하고 싶어 했다. 한번은 엄마가 집에 앉아서 주인공이 죽을병에 걸려 온 가족을 떠나는 장면을 보시다가 넌지시 내게 이렇게 말씀하셨다.

"내가 죽으면 우리 아들은 어떡하지?"

그때는 "에이, 엄마 그런 생각을 왜 해? 죽지 말고 오래오래 아들 곁에 살아야지"라며 넘겼지만 마음은 가늠할 수 없을 만큼 아팠다. 엄마가 없는 세상이라…. 아마 울타리 없는 산에 혼자 덩그러니 남겨진 양 같지 않을까? 그 어떤 보호나 의지할 대상도 없고 아픔을 혼자서 견뎌내야만 하는 세상이 내 앞에 펼쳐질 것이다. 그게 내 나이가 몇 살이든 다르지 않을 것이다. 지금이든, 내가 늙어서 60대가 되든 엄마를 잃는다는 것은 세상을 잃는 느낌일 것이다. 엄마는 툭하면 말씀하셨다.

"건강해야지. 내가 건강해야 우리 아들들 사는 데 조금이라도 힘이 되지."

엄마는 자신의 건강을 이야기하면서 늘 '우리를 위해서'라고 말했다. 아버지는 조금 달랐다. 늘 스스로를 지키시는 분이었다. 아버지는 아주 조금만 상처가 나도 꼼꼼히 완벽하게 상처 부위를 돌보시고, 아픔의 징조가 조금만 보여도 병원 진료를 받고 초기에 치료하셨다. 가급적이면 정기검진도 빠지지 않고 꼬박꼬박 하신다. 엄마는 그런 아버지를 보며 "네 아빠가 얼마나 자기 몸을 잘 챙기는 줄 아니?"하며 웃으신다. 나도 어릴 때 그런 아버지가 이상해 보이긴 했다. '굳이 저렇게까지 하실 필요가 있나?'싶을 때도 있었다. 조금만 다쳐도 유난을 떠셨던 아버지는, 결국 자신을 지킴으로써 가족을 지키고 계신 것이었다. 나이가 드셨음에도 아직 특별히 아픈 곳 없이 굳건하게 가족 전체를 지키고 계신 것이다.

혹독한 겨울을 보내고 나서 나는 아침 일찍 운동을 시작했다. 사람들에겐 우스갯소리로 다이어트라고 말하지만 실상은 그렇지 않다. 콜린성 알레르기는 면역력의 문제고, 그 체계가 무너짐에 따라 몸속에서 열 조절을 못하는 병이다. 열이 나기 시작하면 땀이 나야 하는데, 땀이 나지 않고 특정 물질이 피부를 뚫고 나오면서 따가운 병이다. 자세히는 모르지만 이 병은 땀을 내야만 낫는다고 했다. 그때부터 나의 '아침 6시 운동'이 시작되었다. 요즘은 저녁에 아내와 함께 요가까지 병행하고 있다. 목적은 하나다, 땀을 내는 것. 이 병이 나아야 내가 내 가정을 지킬 수 있다. 아프면 끝난다. 아내에게도 나는 슬픔이 되고, 부모님께도 나는 슬픔이 될 것이다.

나는 아프고 싶지 않다. 시기에 맞춰 병원에 가는 것도 두렵고 부담스럽다. 예전엔 노력하지 않아도 건강할 수 있다고 생각했는데 지금은 그걸 지켜낸다는 것이 쉽지 않다는 걸 깨달았다. 하지만 진심으로 사랑하는 사람들을 위해 나를 지키고 싶어졌다. 자신을 방치하는 일은 사랑하는 사람들을 힘들게 할 수도 있다는 걸 아프고 나서야 알게 되었다.

어쩔 수 없는 질병의 위협이 삶에 찾아오기도 하지만, 우리는 노력해야 한다. 부담스러워도 이겨내야 한다. 나를 지키는 것이 곧 내가 사랑하는 사람들을 지키는 일이기 때문이다.

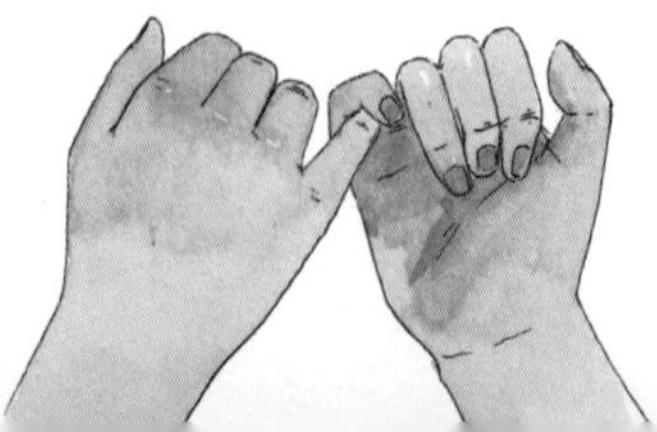

_05

배우는 것이 모든 것의 답이 되진 않는다

읽지 않은 메일 999+. 이메일이 또 꽉 찼다. 나의 의도와 상관없이 자꾸만 채워지는 메일함 때문에 머리가 아팠다. 어느 순간 정리라는 개념보단 그냥 삭제하는 것에 가까웠다. 옛날보다 용량이 꽤 커졌음에도 불구하고 늘어나는 용량만큼 많은 메일이 메일함으로 쏟아졌다. 그리고 그 수많은 메일 중에 내가 진짜 '읽어야 하는' 메일은 몇 없었다. 오히려 중요한 메일은 스팸 메일함으로 들어가 있어서 한참을 헤맸던 기억도 있다. 많으면 다 좋을 것 같은데 실상은 그렇지 않았다. 목적 없이 들어온 메일들은 읽지 않고 삭제했다. 그러고 보니 편지를 언제 받아봤는지 기억이 안 난다. 늘 설레며 답장을 기다렸던 그 편지가 사라졌다. 무언가가 가득 차면 더 이상 채울 수 없다. 이메일함처럼. 무언가 다른 길이 생기면 또 다른 길은 서서히 사라지기 시작했다. 편지처럼. 내게는 배움이 꼭 그랬다.

배우는 일은 인생을 가로지른다. 태어나면서부터 우리는 부모에게서 세상에 대해 배운다. 말, 행동, 표정, 보이는 모든 것들에 대해서 익힌다. 배우는 일은 성장과 밀접한 연관이 있다. 많이 배울수록 생활 반경이 넓어지고 어떤 순간이 되면 스스로의 영역을 정한다. 그래서 상상을 초월할 만큼 많은 시간과 노력이 필요하다. 다만 어느 순간부터 우리는 배움의 목적보다 배우는 것 자체에 더 집중하고 있다. 가진 건 많은데 읽지 않은 메일이 차곡차곡 쌓이는 것처럼, 우리의 배움이 그 모습을 닮아갔다. 어느 순간 더 배우고 싶어도 공간이 없고 지우고 싶어도 너무 많아 엄두가 안 난다. 읽지 않은 배움이 999+다. 그런데도 인생에서는 배워야 할 것들 투성이다.

많이 배웠다는 의미인 '가방끈이 길다'는 말은 우리의 또 다른 이름표 같은 것이었다. 우리를 평가하고 수준을 나누는 기준이었다. 배우지 않으면 뒤처지는 것 같고, 모르면 무식해 보이고, 좋은 학교를 못 나오면 마치 인생의 낙오자로 점 찍혀버리는 것 같았다. 지식은 나를 치장하기 위한 도구로 전락했다.

마치 빈 메일함을 보면 섭섭한 것처럼 무언가로 채우고 싶다는 느낌에 더 집중했다. 이른 아침, 졸린 눈을 비비며 일어나 성큼성큼 배움의 문을 두드리는 사람들을 보고 있노라면 '대단하다'는 생각과 동시에 '안타깝다'는 생각도 든다. 지식이란 분명 쓰이고 나눠야 가치가 있는데 '저 수많은 배움이 어디에 쓰이고 있는가'에 대한 의문이 덩그러니 떠올랐다. 나를 위해 공부하는 사람들은 뿌듯해하고 기뻐 보여야 하는데 새벽이나 밤늦게 학원에서 만난 사람들의 표정은 그렇지 못했다. 게다가 재미있게도 그들 역시 이런 식의 배움이 큰 의미가 없다는 것을 알고 있었다. 아이러니하다. 그런데도 배우지 못한 아쉬움, 그리고 새롭게 배워야 한다는 미련이 틈만 나면 꼼빡꼼빡 머리를 쳐든다.

나도 어릴 때부터 학원을 참 많이 다녔다. 속셈학원, 미술학원, 속독학원, 피아노학원, 태권도, 합기도, 수영, 종합학원, 단과학원 등등 너무 많이 배워서 이제는 기억도 나지 않는다. 피아노는 체르니 40번까지 배웠지만 내가 지금 칠 수 있는 곡은 '학교 종이 땡땡땡'이 전부다. 많은 것을 배웠지만 내 안에 남아 쓸 수 있는 지식은 별로 없다. 그 배움을 제대로 써먹지도 못했고, 배움을 통해 성장하지도 못했다. 피아노가 아니라 바이올린이었다면 달랐을까? 그것도 아니라면 그토록 배우고 싶었던 기타였으면 달랐을까? 별반 다르지 않았을 거다. 그런데도 바이올린, 기타도 배우고 싶다. 나는 여전히 배움을 갈구하는 중이다. 배워야만 살아남을 수 있을 것만 같다. 여전히 배움을 통해 내가 성장할 수 있다고 믿고, 배우는 일만이 유일한 해답이라 생각했다. '배우고 싶다'는 마음의 강박에 시달린다. 그래서 대학원 진학까지 강행했다. 거기에는 나처럼 배우고 싶어 하는 사람들이 많았다. 하루 종일 일을 하고 난 저녁 7시에 모여든 사람들이었다. 1학년이라 대부분의 동기들과 첫 수업을 함께했다. 그리고 그날 배움을 위해 대학원에 진학한 학생들 앞에서 교수님은 이렇게 말씀하셨다.

"여러분은 배우기 위해 여기에 왔습니다. 그런데 배운다는 것은 결국 한쪽 길을 잃는 것과 같습니다."

배움은 내 안에 무언가를 채워 넣는 일이다. 하나의 단어에 대해서일 수도 있고, 한 가지 주제에 대한 것일 수도 있고, 심지어 하나의 영역 전부에 대한 것일 수도 있다. 배우는 일은 '결국 한쪽 길을 잃는 것과 같다'는 교수님의 말은 아리송했지만 일정 부분 이해가 되었다. 어느 쪽이든 한쪽으로 생각이 길을 만들고 나면 다른 쪽 길은 잘 고려하지 않는다. 우리가 목적지로 향하는 익숙한 길을 알고 있다면 내비게이션을 켜지 않거나, 아니면 켜놓더라도 그 안내를 무시하고 내게 익숙한 길로 간다. 덕분에 다른 길을 가면 볼 수 있는 다른 풍경을 잃어버린다. 시간과 노력을 들이면 들일수록 익숙해지고 동시에 다른 길은 보지 않게 된다. 배워야 한다는 강박관념 속에서 하나라도 더 배우고, 외우고, 이해하려고 애써왔던 시간들은 한쪽 길을 배운다는 것과 동시에 다른 것을 배우거나 다르게 보는 법을 잃는 부분도 있는 것이다. 어쩌면 그쪽으로 배울 기회 자체를 잃기도 한다. 그래서 '전문가'는 모든 것을 다 안다는 것이 아니라 자신이 배운 것에 대해서만 안다는 의미이기도 하다. 모든 것에 전문가일 수는 없다. 하나의 영역, 하나의 단어에 대해서 머릿속으로 인지하고, 이해하고 나면 우리는 그것을 다르게 보는 방법을 멀리한다. 배운 덕분이다. 어느샌가 내 머릿속에 가득해진 편견, 바뀌지 않는 아집, 맞다고 믿는 것들에 대한 치우친 판단, 배워서 생각할 수 없어진 것들이 많아졌다. 예를 들어, 우리가 어릴 적에 "Hi. how are you?" "I'm fine thank you. and you?"라는 안부 인사를 배운 순간부터 우리는 다른 안부 인사에 대해 궁금해 하지 않았다. 더 살갑고 친근한 표현이 있을 텐데 교과서에서 배운 정형적인 표현이 자리 잡으면서 배울 기회를 잃었다. 그리고 한참이 흘러서야 알았다. 미국에서는 저 표현을 잘 쓰지 않는다는 것을 말이다. 나는 배워서 오히려 배우지 못했다.

이른 아침 운동을 하기 위해 나섰다. 조금 뛰다 보면 숨이 차오르고 땀이 여기저기 맺히기 시작하는데 그제야 잠에서 깨어난다. 온몸이 일어나는 기분은 꽤 상쾌하고 좋다. 한 시간쯤 정신없이 운동을 하고 나면, 아려오는 근육통에 살아있다는 느낌이 들고 온몸이 젖은 상태에서 샤워장으로 들어갈 때는 사뭇 뿌듯하기까지 하다.

그날도 제일 먼저 헬스클럽에 들어와 이어폰을 끼고 운동을 하고 있는데 앳돼 보이는 여학생이 클럽 안으로 들어왔다. 이제 막 7시를 넘기고 있었으니 꽤 이른 아침이었는데도 나와는 다르게 총명한 눈빛을 품고 있었다. 그 여학생은 러닝머신에 오르자마자, 자기 얼굴보다 큰 영어 단어집을 올려놓았다. 러닝머신 속도를 5에 맞추고 한 시간 동안 천천히 걸으며 입으로는 단어를 중얼거리고 외웠다. 나는 '무엇이 저 여학생을 이 이른 아침에, 운동을 하면서 단어를 외우게 만들었을까?' 한참 고민했다. 토익 시험? 중간고사? 그것도 아니면 그저 영어 공부? 학생들에게 많은 능력을 요구하는 세상이라지만, 운동을 하면서까지 공부를 하는 모습이 대단해 보이는 한편 조금 안타까웠다. 운동하는 시간조차 공부와 병행해야 하는 이유는 무엇일까? 어떤 상황이 자신의 얼굴보다 훨씬 크고 무거운 단어장을 러닝머신 위에 올려두게 했을까? 그 뒤로도 여러 번 나는 그 여학생을 운동하면서 만났다. 언제나 늘 다름없이 무거운 단어장을 겨드랑이에 끼고 러닝머신 위에 올라섰다. 치열했다. 우리 배움은 늘 그랬다.

그림에도, 공간에도 여백이 필요하듯이 배움에도 여백이 필요하다. 다 배우려고 드는 것은 어리석다. 배우고 싶은 것들도 한 번쯤은 고민해보아야 한다. 그렇지 않으면 오히려 배움 자체에 쫓겨 시간을 허비해버린다. 아이들의 엉뚱한 상상과 사고는 배우지 않았을 때 더 자유롭다. 하얀 도화지를 주고 "그냥 나무를 그려봐"라고 말하는 것과 나무의 정확한 모습을 배우고 그리는 것은 분명 다르다. 하나는 사실적이지만 그게 전부일 테고, 하나는 겨우 모양을 갖추고 있지만 더 재미있는 이유를 담고 있을 것이다. 그리고 아마도 더 많은 나무를 그릴 수 있는 건 배운 쪽보다 배우지 않은 쪽일 가능성이 크다.

배움에 쫓기지 않아야 한다. 마치 배우지 않으면 모든 것이 정지되는 것처럼, 뒤처지는 것처럼 생각하지만 그렇지 않다. 때로는 배우지 않았기에 우리가 더 강할 수도 있다. 이해하고 있지 않기 때문에 더 엉뚱한 접근도 가능하다. 맹목적 배움은 가끔 우리를 함정에 빠트린다.

세상을 바꾼 사람들은 사실 많이 배우지 않았다. 배우지 않았기에 그들의 생각이 자유로울 수 있었고, 그 자유로운 생각들이 때론 세상 전체를 바꿔놓기도 했다. 배워야 한다면 진짜 자신의 생각을 통해서 시작했으면 좋겠다. 맹목적 배움은 우리의 시간을 좀먹을 때가 많다. 배움 자체를 부정하는 것이 아니라, 배움에 꽁꽁 묶일 필요는 없다는 것이다. 배우지 않는다고 해서 낙오자가 되는 것은 아니다.

우리는 결코 멈춰 있지 않다. 무엇을 배우지 않아도 눈을 뜨고 세상을 살아나간다는 것만으로도 우리는 성장하고 있다. 삶이 배움이다.

_06

두껍아, 두껍아, 헌 집 줄게. 새 집 다오

터벅터벅 걸었다. 이리 보고, 저리 봐도 이 많은 집들이 애초에 우리를 위해서 존재하는 것은 아니구나 싶었다. 터무니없이 벽이 높아 감히 넘보지도 못할 담벼락 앞에 서 있는 것 같았다. 2년에 한 번꼴로 이 짓을 하고 있자면 그렇게 아등바등 살아간 대가가 겨우 이 정도인가 싶은 생각도 든다. 얄궂게도 조금 넘기 쉬운 벽들은 마음에 차지 않는다. 이게 괜찮으면 저게 문제고, 저게 괜찮으면 이게 문제다. 결국 한두 개, 아니 서너 개를 손해 본다는 생각으로 임하지 않으면 2년마다 찾아오는 폭풍우를 견뎌낼 재간이 없다. 주인집이 또 4천만 원을 올려달라고 했다. 우리 부부는 그 바람을 막아설 힘이 없어 우리를 담아줄, 우리를 보듬어줄 집을 찾아 2년마다 떠돈다.

결혼하기 전까지만 해도 나는 이사를 별로 한 적이 없었다. 아버지, 어머니가 마침내 구한 아파트에서 나는 내리 20년을 넘게 살았다. 오랜 친구들을 만나 부모님 안부를 물어올 때마다 따라오는 질문은 늘 "너 아직도 거기 살아?"였다. 꽤나 오랫동안 한 장소에서 이런 추억, 저런 추억을 새겼다. 너무 많이 여닫아서 닳아버린 문지방, 어릴 때 대책 없이 발라두었던 나의 코딱지, 좋아하는 가수의 브로마이드를 붙였다가 뜯겨버린 벽지, 툭하면 내려가는 두꺼비집, 집 안 거실로 들어오던 햇볕, 낡아서 가죽이 다 벗겨진 까만 소파, 창문으로 들어오는 시원한 바람, 엄마가 달그락거릴 때마다 풍겨오는 부엌 냄새, 좁디좁은 화장실, 시끄러운 소리를 내는 대문까지… 20년의 세월이 묻어있는 우리 집. 누가 뭐라고 해도 '우리 집'이었다. 모든 길의 종점, 어디를 향해도 다시 돌아오게 되는 목적지, 20년 동안 한 번도 변하지 않은 우리 집이다. 덕분에 나는 말할 수 없이 아늑하고 편안했다. 정해진 공간, 우리 가족만의 공간이 있다는 것은 흐트러짐 없이 언제나 거기 그대로 반듯한 편안함이었다.

결혼 후 얻은 집은 이사를 하자마자 여기저기 뜯어내고 공사를 했다. 비록 남의 집이었지만 '2년 만이라도 기분 좋게 살자'는 마음에 몇 군데를 고쳤다. 주인집에 허락을 받고 페인트칠과 소소한 소품으로 아기자기하게 집을 꾸몄다. 하나씩 하나씩 천천히, 그리고 이제야 어디에 뭐가 있는지 알게 되고 '그래, 그래 우리 집이지'라는 생각이 들 때쯤 전화 한 통을 받았다. 전세금을 4천만 원 올리거나 반 전세로 전환하자는 것이었다. 만약 둘 다 아니라면, 계약 기간이 만료되고 난 후 옮겨줬으면 좋겠다고 했다. 이제 조금 문지방이 닳았는데, 집으로 돌아오는 길이 익숙해졌는데, 시간은 금방 흘러 버려서 또 보금자리를 구하러 터벅터벅 발걸음을 옮겨야 했다. 낯선 곳으로, 또 익숙해져야 하는 시간을 견뎌야 하는 순간으로 돌아갔다. 아늑함을 느끼기도 전에 다시 우리 집을 위해 걷고 또 걸었다.

주위를 빙 둘러보니 아파트가 참 많다. 여기도 아파트, 저기도 아파트, 저 많은 집들에는 누가 다 모여 사는지 궁금했다. 그리고 저 많은 집들 중에 왜 내 집은 없는지 한탄스러웠다. 빌리는 집인데도 가격은 '억' 소리가 나고 신혼부부에게 그런 액수는 환상에 가까웠다. 지금의 대한민국은 정량적으로 일을 해서는 절대 집을 살 수 없는 구조다. 한 달에 200만 원 남짓 받아 허리띠로 개미허리를 만들어도 집을 사는 일은 불가능하다. 불가능이라는 말을 싫어하지만 현실적으로 불가능이다. 따뜻하고 아늑한 우리들만의 공간을 얻기 위해서는 언제 풀릴지 모르는 족쇄에 우리를 묶어야만 했다. 전셋값이 치솟아서 거의 매매가에 다다랐을 때 오는 절망감은 마치 사방이 막혀버린 길에 들어선 기분이었다. 전셋집 자금을 구하기 위해 은행에 손을 벌려 몇 억에 가까운 돈을 마련하는 일은 겪을 때마다 까마득하다. 두 사람을 위한, 가족을 위한 공간을 구하는 일이 이토록 어려워져 버렸다. 그 일을 2년에 한 번씩 겪을 때마다 우리는 주체 없이 흔들리고, 주저앉고, 심지어 송두리째 뽑혀 버린다.

결국 집을 구하지 못했다. 집주인이 요구하는 조건을 만족시키지 못했다. "어떡하지?"말고는 아내 앞에서 할 수 있는 말이 없었다. 살던 집에서 나가야 하는 날짜가 시한폭탄처럼 다가오니 조급해졌다. 아무 집이나 구해야 될 것만 같았다. 마음 졸이며 고민하고 고민했지만 답을 구할 수 없었다. 그리고 그 고민의 끝은 고민을 처음 시작했을 때 얻은 답과 크게 다르지 않았다. 우리 부부는 스스로 족쇄를 차기로 마음먹고 은행으로 향했다.

우리뿐만 아니라 많은 사람들이 부채에 시달린다. 낭비에 의한 부채라기보다 살아가기 위한 부채에 가깝다. 그렇게 살아가기 위해 스스로에게 족쇄를 채우고 하루하루 갚아나가는 삶을 살아가는 것은 고단하다. 벌어도 버는 것 같지 않고 하루하루 쳇바퀴 굴리듯 아무리 허우적거려도 쉽게 빠져나올 수 없는 그런 깊고 넓은 웅덩이에 빠진 것 같다. 그럼에도 살아가기 위한 선택이니 우리는 감당해내기 힘든 '빚'이라는 단어 앞에 서야만 했다.

그렇게 집을 샀지만 달라진 건 많지 않다. 어떤 사람에게 줘야 할 월세를 은행에 주고 있을 뿐이다. 아내는 한바탕 웃으며 그래도 즐겁게 살자고 말한다. 그리고 벌러덩 침대에 누워 '아, 편하다'며 웃는다. 우리를 짓누를 족쇄를 차고도 맥없이 그런 소릴 픽픽 잘한다. 하루는 아내가 너무 편하게 소파에 누워 있기에 물었다.

"편해?"

"아니."

"왜 편하다면서?"

"거실은 안 편해."

"왜?"

"거실은 아직 우리 거 아니잖아."

"응?"

"저기 저 안방만 우리 거야. 여긴 아직 은행 거야."

나는 '푸하하' 웃었다. 그러고 보니 정말 그랬다. 거실은 우리 것이 아니었다. 빌린 돈 빼고 우리가 낸 돈은 겨우 안방 정도가 전부였다. 아내는 조금씩 우리 집으로 만들자며 빙그레 웃는다. 내가 할 수 있는 일이라곤 피식 따라 웃는 것 말고는 없다. 아내의 말처럼 빚졌다 생각지 말고, 조금씩 우리 집으로 만들어 간다고 생각하기로 마음먹었다. 그럼에도 여전히 버겁지만 말이다.

2년에 한 번씩 세차게 불어오는 바람을 마주할 때면 우리는 곧잘 방황한다. 아프고 시리다. 외롭기까지 하다. 세상 밖으로 팽개쳐진 기분이 들어서 '부동산 벽에 붙어 있는 수많은 집들은 누구를 위한 집일까?' 멍하게 서 있을 때가 많았다. 사랑하는 가족과 살아갈 공간이 그만큼 절박해지는 때가 없다. 마주하고 싶지 않지만 마주해야 하는 순간들이 있다. 2년에 한 번, 그때가 꼭 그랬다.

이제 막 결혼하는 동생들과 친구들이 나를 만나 한숨을 푹푹 쉰다. 그들도 똑같은 고민을 하고 있다. 그리고 그 고민이 꽤 오래 진행된다는 말은 그들 앞에서 꾹꾹 넣어둔다. 아내랑 집을 보러 다닐 때 손을 붙잡고 노래를 불렀다. 손을 푹 넣고 흙으로 감싸 툭툭 두드리며 불렀던 한 구절의 노래를….

"두껍아, 두껍아, 헌 집 줄게. 새 집 다오."

_07

온전한 아픔

허겁지겁 뛰어 들어온 지하철 플랫폼에는 이미 지하철을 기다리는 사람들로 한가득이다. 내가 탈 지하철이 어디쯤 오는지를 확인하고 나서야 겨우겨우 숨을 돌린다. 여기저기서 밀려들어오는 사람들은 데칼코마니처럼 멍한 눈동자이거나 바쁨을 온몸으로 입고 있다. 곧이어 지하철이 들어서고 지하철 안으로 밖으로 우르르 쏟아지는 사람들이 또 각기 자신들이 정한 방향으로 걸어간다. 한 치의 오차도 허용하지 않겠다는 듯이 발걸음이 똑 부러진다. 아마도 수십 번, 아니 수백 번 걸어 다니던 길이기 때문일 것이다. 다른 것에 집중하면서도 전혀 문제없을 만큼 머리로 마음으로 분명히 기억하고 있다.

학교에 다닐 때도 그렇게 걸었다. 그래서일까, 나는 지금 등·하굣길을 가도 낯설지 않다. 많은 것들이 바뀌어 버렸지만 '여기엔 무엇이 있었지. 그래, 저기엔 그것이 있었지'하며 기억에 의존할 수 있다. 사는 사람도 바뀌었을 거고 이미 참 많은 풍경이 변했지만, 그 길 속에 있는 기억들은 여전하다. 그 길을 걸으며 생각하고 꿈을 꾸고 불안해했던 내 과거도 거기 그대로 있다. 하지만 그때 가지고 있었던 고민과 과거의 불안, 그리고 심지어 꿈조차도 지금은 내 곁에 없다. 참 많이 불안해했었다. 두려워했었다. 그 길에서 세상이 무너짐을 느끼기도 했다. 모든 것을 포기하고 싶었고, 내게는 더 이상 희망이 없다는 생각도 했었다. 그런데 신기한 건 지금의 내게 그때의 불안과 꿈, 그리고 두려움까지 전부 사라졌다. 이제는 추억이라고 부르며 그때의 불안과 고통을 술안주로 삼는다. '그래도 그때가 좋았다'며 회상한다. 지금을 한없이 아파하면서.

과거는 대부분 기억의 파편이다. 온전치 않다. 사람은 과거에서 좋은 것만 기억으로 남기려 하거나 좋지 않은 것들은 기억에서 지우려 한다. 심지어 제대하고 난 후 군대를 아직 가지 않은 사람들에게 "한 번쯤 가볼만하다"며 헛소리를 한다. 분명 맞는 말이지만, 안 가볼만한 이유도 101가지는 된다. 파편은 우리가 기억하고 싶은 것들만 기억하게 한다. 그래서 곧

잘 군대 축구처럼 미화된다. 반면에 현재는 온전하다. 하나부터 열까지 몸으로 마음으로 느껴진다. 가슴을 찌를 듯이 아프고 잠을 이루지 못할 만큼 불안하다. 별것 아닌 일도 별것처럼 느껴진다. 계획한 일이 모두 망쳐질까 봐, 고대했던 일이 또 미끄러질까 봐, 심혈을 기울였던 일이 실패할까 봐 두려워한다. 지나고 나면 경험이라 이야기할 현재의 아픔을 견뎌내기에 세상은 생각보다 많이 쓰다.

종이 한 장을 꺼내 지금 내가 불안해하는 것과 기대하고 있는 것을 써보았다. 불안해하는 것 대여섯 개, 기대하는 것 대여섯 개를 한참이나 끼적인 후 멀뚱멀뚱 써놓은 것들을 쳐다보았다. 그리고 다시 써내려갔다.

'이 불안한 일이 터지면 어떤 일이 벌어지지?'

'흠, 이런 일이 벌어지겠네. 그럼 어떤 결과를 초래하지?'

'아, 이렇게 되겠네.'

'그럼 그때는 내가 어떻게 해야 하지?'

'할 수 있는 게 없네?'

대부분 이 과정을 거친다. 불안함을 꺼내 들어도, 기대하는 것을 꺼내 들어도 마찬가지였다. 불안을 지표로 두고 안 되는 방향으로 생각을 끌고 가면 결국 내가 하는 일은 전부 의미가 없어진다. 결코 의미 없을 수 없는데, 의미가 없는 것처럼 여겨진다. 머릿속에 '그래도 안 되면?'이라는 생각으로 계속해서 우리의 불안을 건드리면 우리가 할 수 있는 일은 없다. 잠자코 기다리다 무너지는 일 말고는.

하루를 정해진 대로 주어진 대로 살아가는 것 같지만, 사실 우리가 예상할 수 있는 일은 세상에 몇 가지 없다. 고작 지하철이 몇 분 후쯤 우리 앞에 서느냐 정도다. 정해진 길을 걸었지만 그조차도 명확하지 않다. 한 치의 오차는 늘 우리 삶에 끼어있다. 그래서 늘 불안할 수밖에 없고, 기대가 무너질까 두려워한다. 하지만 아직 아무것도 망가지지 않았다. 아무것도 미끄러지지 않았고, 아직 실패하지 않았다. '끝'이라고 이야기할 수 있는 것들은 대부분 한참이 지나서야 드러난다. 삶에서 페이드아웃이 되는 것이지, 탁 하고 꺼지지 않는다. 우리의 미래도, 우리의 불안도 그렇다. 그래서 기억은 늘 희미하게 파편으로 남는다. 또 그래서 우리는 좋은 것만 기억할 수 있는 건지도 모르겠다.

종이를 꺼내놓고 불안한 일, 걱정스러운 일, 고민하던 모든 것들을 적었을 때의 시점을 지나온 지금은 어떻게 되었을까? 재미있게도 적어놓은 대로 흘러간 경우는 거의 없었다. 어떤 것은 더 나를 괴롭혔고, 어떤 것은 오히려 너무 좋은 쪽으로 풀렸다.

삶이 너무 아프게만 느껴지는 것은 온전하기 때문이다. 그러니 지금을 너무 아파하지 않길 바란다. 내일을 너무 불안해하지 않길 바란다. 함부로 끝나지 않을 것이다. 대부분의 우리는 그 시간을 온전히 버텨낸다. 부담스럽지만, 이미 비슷한 길을 수없이 걸어온 탓이다.

_08

애매한 게 좋다

생각해 보면 "자, 지금부터 봄이야"라는 말보다 "벌써 봄이네"라는 말을 더 많이 쓴다. 우리도 모르게 변화해버린 것에 대해 뒤늦게 알아차릴 때가 더 많기 때문이다. 또 그 변화가 '탁!'하고 단번에 바뀌지 않기 때문이기도 하다. 올 듯 말 듯, 갈 듯 말 듯 하면서 변하다 보니 그 경계가 뚜렷하지 않다. 변화를 피부로 느낄 때쯤이면 이미 벌써 변해버리고 난 후다. 애매하기 짝이 없다. 겨울 코트는 언제부터 입지 않아도 되는지에 대한 지침은 별로 소용이 없다. 달력에 정해져 있는 '입춘'이라는 날은 사실 처음부터 별로 쓸모없었을 것이다. 나누기 좋아하고, 잘라내기 좋아하고, 구분하기 좋아하는 사람이 만들어놓은 기준일 뿐이다. 세상에 그렇게 '탁!'하고 잘라지는 일은 흔하지 않다. 그럼에도 명료함을 강요받는 세상이다. '몇 시까지, 언제까지'가 중요하다. 사람 사이에서도 보이지 않는 경계가 명확하기를 바란다. 나이, 직급, 계급, 신분, 직업, 연봉, 무엇이든 나누고 명료해지기를 좋아하는 세상 탓에 우리는 마치 작은 상자 안에 갇혀버린 느낌이다.

그래서 사회과학의 기본인 통계학은 편리하다. 나눠 놓기 때문에 성향을 파악하기도 쉽고 덕분에 이렇다 할 결과를 도출해 낼 수 있다. 남자와 여자를 구별 짓고, 아이와 어른을 나누고, 10대, 20대와 같이 나이를 구분 짓는다. 그리고 '남자는 어떠하다, 여자는 어떠하다며 세대 간의 의견이 갈린다'는 성급한 일반화의 오류가 자꾸 범람하는 것 역시 그 안에서 명료함을 찾으려는 사람들의 애꿎은 노력에서 비롯된다. 모두가 그 경계 안으로 들어가려 하고, 당장 그 경계 안에 포함되지 않으면 이상한 사람이 되어버리는 세상에서 우리는 끊임없이 허우적거리고 지친다. 숨이 멎는다.

내 인생에서 가장 아이러니한 일은 언제나 매년 12월 31일과 1월 1일 사이에서 벌어졌다. 그게 뭐라고 지방에서 서울까지 올라가 종각 앞 타종 소리를 들으며 매년 "해피 뉴 이어"를 외쳐댔는지. 매캐한 폭죽이 하늘을 수놓고 생판 모르는 사람과 몸을 부대끼며 새로운 해가 밝았다는 것을 축하했다. 지난 한 해를 돌아보며, 또 다가온 한 해를 희망하며 소리치고 즐거워했다. 그러다 이내 곧 나는 내 시간에서 아이러니함을 발견했다. '그래서 다른 게 뭐지?' 한 해가 넘어가는 카운트다운을 하고 새로운 해가 밝아도 난 여전히 나고, 달라진 것은 없다. 매년 그렇게 새로운 세상이 온 것처럼 굴었지만 여전히 같은 시간에 일어나고, 같은 사람들을 만나며, 달라진 것 없는 시간을 살아낸다. 29세가 되던 해에도 나는 나의 20대가 끝났다며 한동안 슬퍼했다. 그마저 나라마다 조금씩 다른 나이의 기준인데도, 나의 인생을 10등분 해놓고, 그중 2번째가 없어졌다며 세상이 끝난 것처럼 우울해했다.

우리는 계속해서 뭔가 잘라놓고 그 경계를 넘나들며 아파하고 힘들어하지만, 사실 그 경계라는 것이 참 애매하다. 그러나 언제나 진짜는 그 애매함 속에 있다. 기억을 되짚어 보면 우리 어린 시절의 기억들은 하나같이 애매하다. 그래서 아련하고 더 감동적이다.

아이들을 보고 있으면 뚜렷한 경계선이 없다는 걸 또 한 번 느끼게 된다. 오롯이 한 생명이 태어나서 커나가는 모습을 보는 것은 기적을 보는 것 같다. 조카가 태어나 가끔 한 번씩 볼 때마다 '언제 이렇게 컸지?'싶다. 뚜렷한 경계선이 하나도 없다. 지나가는 아이들을 봐도 몇 살인지 맞추는 일은 쉽지 않다. 나이라는 구분점이 얼마나 쓸모없는 것인지를 여실히 느끼게 해준다. 어떤 아이는 빠르게 크고, 어떤 아이는 조금 더디게 자란다. 그러나 경계에서 한 발 물러나 뒤에서 보면 그 변화가 경이롭다. 그 어떤 경계도 아이의 성장을 설명하지 못한다.

남자와 여자로 구분해도 결국은 사람이고, 나이로 구분해 놔도 결국은 사람이다. 직급, 신분, 직업, 연봉으로 구분해 놔도 결국은 사람이다. 나눠진 것처럼 보이지만 하나도 나눠진 것이 없다. 남자 같은 여자도 많고, 여자 같은 남자도 많다. 20대 같은 50대도 있고 50대 같은 20대도 있다. 잘라낸다고 해서 더 이상 그것이 아니겠는가. 흐름 속에서 경계는 사실 그 의미가 크지 않다. 어쩌면 내 것을 지키기 위한 인간의 발악이 경계를 만들어 놓은 것은 아닐까. 경계는 우리를 보호하는 수단이긴 하지만, 조금씩은 내려놓아도 괜찮지 않을까. 오히려 그 경계가 갈등을 만들고 심지어 모든 것을 죽이기도 한다. 줄기에서 끊겨 나온 꽃은 꽃이지만, 곧 죽는 것처럼.

봄에서 여름으로 넘어갈 때, 여름에서 가을로 넘어갈 때, 그 연속성 속에서 우리는 신비로움을 느낀다. 인간이 누리는 모든 것은 대부분 연속성을 가진다. 사람도, 시간도, 환경도, '자,

이제 탁!'은 없다. '이제 탁'처럼 보이는 모든 명료함은 애매함 속에서 조금씩 만들어진 것이다.
애매함은 여지를 항상 남겨둔다. 책상 위에 줄을 그었다고, 너와 내가 나눠지는 것이 아니다. 밤과 낮은 스위치처럼 껐다 켰다 할 수 있는 것도 아니다. 서서히 밝아지고 서서히 어두워진다. 그래서 우리는 낮과 밤을 준비할 수 있다. 애매함은 그런 선물을 우리에게 준다. 선명하게 나눠놓지 않았기에 가능성을 남겨둔다. 그래서 애매한 게 좋다. 어느 순간 삶의 경이로움을 느끼게 만든다.

언제나 진짜는
그 애매함 속에 있다

_09

그리워서 그리는 것들

동생은 내 기억으로는 15살에 캐나다로 갔다. 그렇게 멀리 떠날 줄 알았더라면 곁에 있을 때 잘해줬을 텐데 그러지 못했다. 후회는 언제나 반성보다 빠르다. 나는 그 후에 계속해서 동생을 그리워했다. 동생과 나는 서로에 대한 감정이 깊은 편이다. 물론 어디까지나 내 생각이다. 동생도 그렇게 생각하는지는 모르겠지만 나이를 먹으면서 나는 동생에게 많이 의지했다. '역시 형제가 있다는 것은 좋은 거구나'했다. 고민들도 털어놓을 수 있었고 엄마, 아버지와 감정이 안 좋을 때는 동생의 도움을 받을 수 있었다. 든든했다. 그 녀석은 저 멀리 캐나다를 거쳐 미국에 살고 있지만 내게는 심리적으로 옆집보다 가깝다. 다만 물리적으로 멀어서 아쉽고 또 아쉬울 뿐이다. 형제가 많은 아내와 결혼하고는 그 감정이 더 커졌다. 우애가 좋은 아내와 처제들 그리고 막둥이 처남까지. 5남매인 그들은 서로를 아끼고 위할 줄 알았다. 짜증을 내고 다투기도 하지만 서로는 서로의 '편'이었다. 이 가족들을 보면서 내 '편'이 있다는 것이 삶에 얼마나 큰 위로가 되는지 알게 되었다. 그래서 나의 그리움은 더 깊어졌다. 동생이 보고 싶어 눈물이 났다. 혼잣말로 '보고 싶다, 보고 싶다'를 읊조리기도 했다. 우리는 서로에 대한 그리움을 이겨보고자, 형제 반지도 끼고 다니고, 팔찌도 끼고 다닌다. 다만 그리움이 그리움을 키우는 것인지 동생에 대한 그리움은 시간과 공간을 뛰어넘어 자꾸 커져만 갔고 동생에 대한 그리움은 다른 무엇으로도 채울 수 없었다.

우리는 특히나 사람의 부재에 대한 그리움을 크게 느낀다. 내 옆에 있을 때 마냥 좋지 않아도 그 사람이 없다는 것은 우리에게 큰 상실감을 준다. 이게 심지어는 병이 되어 '상사병'이라 불리기도 한다. 의학사전에 '상사병'이라는 병명은 존재하지 않지만 우리는 이것을 병이라 부를 만큼 존재에 대한 부재를 온몸으로 통감한다. 그래, 정말 아프다. 사랑하는 사람, 아끼는 사람과의 이별은, 그래서 우리 옆에 '없음'은 우리를 눈물짓게 한다. 그 사람에 대한 그리움은 무엇으로도 채울 수 없다. 오로지 그 사람으로만 가능하다. 그래서 밤새 알 수 없이 헛헛하다. 내가 누구와 함께 있든 그 삶이 아니고선 쉽게 해결되지 않는다. 그리워서 자꾸 그리는 그리움의 첫 번째 종류다.

상욱이, 원기, 종훈이, 상호 그리고 동은이까지 우리는 밤새워 놀았다. 아니, 정확히 말하면 밤새워 놀 날을 찾았다. 친구들 중 한 사람의 집에 부모님이 외박을 하시면 그날이 바로 그날이었다. 우리는 비디오를 보고 이야기를 나누며 밤을 새워 놀았다. 얼마나 재미있었는지 그 야밤에 계속 키득거렸다. 이제는 일 년에 한 번도 만나기가 힘들기에 그 시절 그 녀석들과 밤새워 놀 수 있던 시간이 그립다. 그러고 보니 그리운 것 투성이다. 내일을 생각하지 않고 떠나던 여행이 그립다. 풋풋하게 아내와 사랑하던 시절이 그립다. 걱정 없이 공부만 할 수 있었을 때가 그립다. 아무 걱정 없이 아무거나 먹을 수 있을 때가 그립다. 돌아오지 않을 날들이 돌아올 수 없기 때문에 그립다. 아침에 눈을 뜨는 게 즐거웠다. 학교를 간다는 것 자체가 신났다. '오늘은 애들과 뭘 하고 놀 수 있을까?'가 온통 머릿속에 가득했다. 초등학교를 다닐 때까지만 해도 학교에서 조는 일이 어떻게 생길 수 있는지 전혀 몰랐다. 신기한 모험을 떠나는 장소였고 그 모험을 함께하는 친구들이 있는 장소였다. 아무 데나 뛰어다녀도 신났고 돌아오는 길에 먹던 쥐포는 더없이 꿀맛이었다. 오늘 "절교해!" 그랬다가 내일 다시 절친이 될 수 있었다. 그냥 세상 모든 것이 신났다. 그러나 이제는 내게 다시 돌아오지 않을 날들이 되었다.

누구에게나 그런 시절이 있다. 다시 되돌아가고 싶은 시절, 후회로 가득 찬 시간 말고 즐거움으로 가득 찬 시절, 다시 기억하고 느끼고 싶은 시절로 한 번쯤 돌아가고 싶어 한다. 그립다. 그래서 그때 듣던 음악이 나오면 추억이 새록새록 돋아나고, 기억 저편으로 잊힌 물건들을 만나면 그렇게 반가울 수가 없다. 애틋하고 설렜던 순간들. 그래서 너무도 그리운 나날들, 다시 갈 수 없기에 더 그리워지는 순간들이다. 다시 돌아오지 않기에 머릿속에 자꾸 그리는 그리움의 두 번째 종류다.

우리가 삶에서 그리워하는 수많은 것들은, 이 두 종류로 시작된다. 공통점은 결국 둘 다 우리 곁에 없다는 것이다. 우리 곁, 일상적인 삶에서 사랑하는 아내, 가족, 직장동료, 친구들 사이에서도 우리는 그리움을 느낀다. 그들이 없어서가 아니다. 어쩌면 그들과의 즐거웠던 시간, 지금보다 조금 더 순수했던 시간들, 예전에는 그랬지만 지금은 그렇지 못한 것들에 대한 그리움, 그때는 몰랐던 그 순간들을 우리도 모르는 순간에 그리고 있는 것이다. 하지만 쉽게 우리가 착각하는 진실은 그 그리움이 꼭 과거에 있을 거라는 생각이다.

그리움은 지금도 만들어지고 있다. 내가 허우적거리고 있는 이 순간이, 내 삶을 채우는 의미 있는 행동이라는 것을, 사람들과 시간을 보내며 이야기 나누는 하루하루가 또 다른 인생의 추억이 된다는 것을, 친구의 소식이나 사랑하는 아내가 내게 의미를 준다는 것을 잊어버리고 살아간다. 나는 쉽사리 채워지지 않는 사람이지만 계속해서 채워지고 있다.

그리움은 늘 우리 곁에 있다. 지나간 시절과 볼 수 없는 사람에 대한 그리움, 그리고 동시에 우리는 언젠가 볼 수 없어질 사람과 소중한 시절을 지나치고 있다. 그러니 흘러간 그리움에 너무 묻혀 지금을 소홀히 하진 말자. 추억은 좋지만 너무 빠지진 않아야 한다. 무언가에 대한 그리움을 가진 이 순간을 언젠가 또 그리워할 테니까.

그리워서 그리게 될 테니까.

누구에게나 다시 되돌아가고 싶은
그런 시절이 있다

_10

세상에서 가장 아름다운 변화를 만들어가길

"당신 참 많이 변했다."

"내가 뭘?"

"예전엔 이러지 않았는데…."

"뭘 예전엔 이러지 않아? 예전에도 이랬어."

"진짜 변했네…."

변하지 않겠다던 맹세는 잊은 지 오래다. 나는 배가 나오기 시작했고, 아내는 주름이 하나씩 늘기 시작했다. 낭만의 자리에는 일상이 자리를 잡았고, 싱그러웠던 데이트에는 사랑보다 안락이 자리 잡았다. 시시콜콜한 이야기에 더 이상 신경을 써주고 같이 웃거나 같이 울지 않고, 서로를 향해 조언의 탈을 입힌 충고만 늘어놓고 있었다. 한 존재가 당연해지면서 작은 것들을 놓치기 시작했고, 그렇게 놓쳐가는 것들 사이에 변화가 끼어들어 자리 잡았다. 서로를 사랑해서 행했던 모든 것들이 어느 순간 희생으로 느껴질 때, 나를 이해하지 못하는 아내가 되었고, 아내를 이해하지 못하는 남의 편이 되었다.

나는 조금씩 퇴근 후 나를 위해 식사준비를 하는 아내의 모습을 편하게 여겼다. 퇴근해서 집에 돌아와 엉덩이도 붙이지 못하고, 남편의 밥상을 차리는 아내의 모습은 일상과도 같았다. 같이 식사를 하고, 하루에 있었던 일을 서로 나누고 "아, 잘 먹었다"말하는 과정이 끝나면 아내는 다시 설거지를 하기 위해 싱크대 앞으로 향했다. 미안한 마음이 들었지만 피곤하다는 이유로 모르는 척 그냥 말로만 "도와줄까?"를 넌지시 던지곤 했다. 그럴 때면 아내는 "괜찮아, 자기 피곤할 텐데 쉬어"라며 만류했고, 나는 두 번 권하지 않았다. 아내의 피곤함보다 나의 피곤함이 순간 먼저였기 때문이다.

아내에게도 나 역시 어느 순간부터 '잡아 놓은 물고기'가 되어가고 있었다. 연애 때와는 다르게 결혼한 후 아내의 말투는 조금씩 편해졌다. 진짜 가족이라 그런가 보다 싶다가도, 가끔 지나치게 내뱉는 아내의 말에 상처를 받곤 했다. 그럴 때마다 아내에게 "난 당신이 막 대해도 되는 사람이 아니야"라고 몇 번을 말했지만 편해져 버린 아내의 습관은 쉽게 고쳐지지 않았다. 영원할 것만 같았던 내가 사랑하는 사람의 모습은 조금씩 바뀌어 갔다. '그때 그 모습 그대로일 수는 없을까?'하는 마음은 미련한 미련으로 남았다. 우리는 시간에 맞춰 흐르고 상황에 따라 쌓이고, 서로를 향해 조금씩 스스로를 접었다. 예전과는 달랐다. 정확히 연예 때와는 달랐다.

고단한 하루를 마치고 집에 도착했을 때, 아내가 잠들어 있었다. 오전 7시에 집을 나선 나보다 하루 종일 집에 있던 아내가 더 피곤해 보였다. 내가 기대한 모습이 아니었다. 하루 종일 밖에서 일하고 온 나를, 아내는 반갑게 맞아주지 않았다. "왔어"라는 인사에 "왔어?"라는 인사로 답했고, 부스스한 모습으로 일어나 시큰둥한 말 몇 마디를 주고받았을 뿐이다. 그 순간만큼은 '서로를 한 시간을 뒤에 두고도 그리워하던'우리는 없었다. 나는 못내 서운한 마음에 다시 방문을 닫고 내 방으로 왔다. 20분쯤 흘렀을 때, 문밖에서 달그락거리는 소리가 들렸다. 그러고는 곧 아내가 문을 열고 "밥 먹어"라고 짧게 이야기했다. 우리는 식탁에 마주 앉았다. 우리는 서로 다른 모습이었다.

나는 몰랐다. 예전에 내가 사랑했던 아내의 모습에는 줄곧 내가 없었고, 지금의 내가 서운해 하는 아내의 모습엔 줄곧 내가 있어 왔다는 것을. 사랑하는 사람과 만나 서로가 누군지 알아갈 때, 우리가 사랑하는 그 사람의 삶 안에는 우리가 존재하지 않았었다. 그 사람은 그 모습으로 줄곧 살아왔고, 그런 사람을 사랑했다. 작은 것에도 까르르 웃는 사람이었고 언제나 긍정적인 사람이었다. 기죽은 모습은 찾아보지 못했고, 피곤한 모습도 보지 못했다. 에너지가 넘쳤고, 다른 사람을 아끼는 사람이었다. 하나부터 열까지 매력적인 사람이었다. 그런 사람에게 사랑에 빠졌고 결혼했다. 그런데 어느 순간 달라진 사람을 마주하게 되었다. 전혀 긍정적이지 않고 잘 웃지도 않았다. 늘 피곤해 보이고 에너지가 없는 사람이 되었다. 그리고 나중에서야 알았다. 그 이후에 모든 삶에, 줄곧 그 사람의 삶에, 서로가 있어왔다는 것을.

나와 아내는 조금씩 변하고 있었다. 지난 시간의 축적인 나와 아내가 아니라 서로를 담아내고 쌓아가는 우리로, 열렬한 사랑은 아니지만 깊어지는 사랑으로, 서로를 위해 기꺼이 스스로를 접을 수 있는 사이로 변하고 있었다. 아내가 해주는 따뜻한 밥 한 그릇 덕분에 배가 나왔고 남편의 고민을 같이 해주다 주름이 생겼다. 낭만은 사라졌지만, 하루를 여며가는 일상의 행복을 알게 되었다. 조언의 탈을 쓴 충고는 언제나 서로를 위한 말이었고, 아주 가끔, 아주 가끔 자신만 사랑하는 것 같아 서러울 때도 있지만 그것 역시 사랑이었다. 이해 못하지도, 남의 편도 아니었다. 오히려 서로의 인생에 자리를 잡고 앉음으로써 오는 삶의 가장 아름다운 변화였다. 서로가 스스로 변한 것이 아니라, 서로를 변하게 만들었다. '너 변했어'의 불편한 어감이 아니다. 상황이 바뀌었다. 서로를 바라보는 마음의 모습이 바뀌었다. 그렇다고 사랑이 없어진 것은 아니다. 같은 재질이지만 모양이 바뀐 것이다. 물론 그 달라진 모양에 가끔 찔리기도 한다. 하지만 지금 가지고 있는 그 모양은 나로 인해, 혹은 아내로 인해 만들어진 우리의 모습이었다. 우리의 변화 중 전부를 미화할 순 없지만 서로가 서로를 향한 변화가 조금씩 이루어지고 있는 것이다.

그날 아내는 나를 기다리다 잠이 들었다. 나를 기다리는 것 말고는 할 일이 없는 하루였다. 기다림에 지쳐 잠이 들었고, 나를 부스스하게 맞았고, 못내 늦게 들어온 남편에게 서운했다. "왔어?"라는 말을 시큰둥하게 던졌지만, 결국 몸을 일으켜 밥을 하고 식탁에 마주 앉았을 때야 비로소 마음이 조금 풀릴 수 있었다.

우리는 사랑을 하면서 언제나 그 사람이 그 모습이길 바란다. 내가 좋아했던 그 사람의 어떤 모습이 이제는 내가 싫어하는 모습으로 변해버린 사랑과 마주할 때 슬퍼지고, 억울해지고,

후회된다. 하지만 그 변화의 방향이 정말 나쁘기만 한 것인지, 그 안에 우리가 있는 것은 아닌지 생각해 보아야 한다. 맞다. 아직 기꺼이 받아들이지 못하는 변화가 더 많다. 하지만 지나간 시간보다 지낼 시간이 더 많은 우리이기에 담담히 서로를 담아내는 우리가 되길 바라본다. 그래서 서로에게 오는 변화를 기꺼이 환영할 수 있게 되길, 세상에서 가장 아름다운 변화를 만들어가길.

서로를 위해 기꺼이
자신을 접을 수 있는 사이로 변하고 있었다

_11

빨갛다고 모두 맵진 않다

아픈 나에게 아버지는 "뭔 젊은 놈이 아프냐"며 핀잔을 주셨다. 걱정돼서 하시는 말씀이셨겠지만 불편했다. "아버지! 아픈 거에 젊고, 늙은 게 어딨어요?"라고 신경질적으로 반박했다. 아버지의 말씀이 백 프로 틀린 것은 아니지만 그렇다고 해서 젊다고 안 아프다는 보장도 없다. 그럼 아기 때는 아예 안 아파야 하는 거 아니냐고 억지를 부리고 싶었다.

팀에 새로운 후배가 들어왔다. 덩치가 산만큼 컸다. 처음 그 후배를 보는 자리에서 여러 질문들이 쏟아졌다. '학교는 어디를 나왔느냐, 혈액형은 무엇이냐, 나이는 어떻게 되느냐, 여자 친구는 있느냐, 고향은 어디냐, 혹시 운동했느냐' 등등 쏟아지는 질문에 후배는 진땀을 빼며 다양한 답으로 응했다. 그러다가 밥이 나왔는데 선배 중 하나가 아무 생각 없이 밥공기 두 개를 후배 앞에 두면서 말했다. "덩치가 큰데 두 그릇은 먹지?" 후배는 억지로 웃으며 "네"하고 대답했다. 그리고 꾸역꾸역 먹었다. 덩치가 크다고 다 많이 먹는 건 아닌데, 덩치가 크다는 이유로 밥을 두 그릇 먹을 거라고 생각한 것이다. 그뿐만이 아니었다. 계속해서 비슷한 상황이 벌어졌다. 팀원들은 자신들이 했던 질문을 기반으로 후배를 판단하고 있었다. "너 K대 나왔으면 엄청 똑똑하겠구나, 넷째 중 첫째면 책임감이 대단하겠네, 고향이 전주면 어머니가 요리 잘하시겠다, A형이면 소심하겠네." 팀원들이 후배를 만난 지 만 24시간도 되지 않았는데 단순한 몇 가지 질문으로 후배는 이미 '그런 사람'이 되어 있었다. 똑똑하고 밥 많이 먹고 책임감도 있으며 소심하고 어머니가 요리를 잘하는 후배.

'이러면 이럴 거다'라는 생각은 우리를 판단하는 기준이 되고 반대로 판단 받는 기준이 된다. 그래서 그런 기준이 될 만한 일들을 사람들이 몰랐으면 좋겠다는 생각을 많이 하게 된다. 편견은 의외로 아무렇지 않게 우리 삶에 녹아 있다. 눈매를 보고 '성격이 나쁠 거다, 좋을 거다'를 판단하기도 하고, 첫째니까 책임감이 있고 막내니까 응석이 많을 거다, 또는 날씬하니 재빠르고 부지런할 거고, 뚱뚱하니 느리고 게으를 거라 단정 짓는다. 겪어 보기 전엔 그 어떤 것도 알 수 없음에도 많은 부분에서 함부로 판단하고 정의한다. 덕분에 가끔 우리는 편견에서 벗어나기 위해 혹은 사람들이 가지고 있는 편견을 만족시키기 위해 이상한 노력을 계속해서 힘들게 하고 있다.

내겐 '선생님 아들'이란 편견이 그랬다. 어렸을 때 그 타이틀은 '내가 모범생에 행동도 바르고 공부도 잘한다'와 동의어였다. 그래서 줄곧 그 이유 하나 때문에 "너 공부 잘하지?"라는 질문을 수없이 들어야 했고 그 질문을 들을 때마다 '내가 공부를 잘해야 하는 구나'라고 생각했다. 그 시선이 부담이 되기 시작하면서부터는 행동도 조심했다. 그리고 가급적이면 내가 선생님의 아들이라는 것을 들키고 싶지 않았다. 알면 마음이 힘들었다.

편견 때문에 아파하는 사람들이 많다. 그렇지 않은데 그렇게 판단되는 것 때문에 받지 않아도 될 상처를 받는다. 사람들은 몸이 불편한 친구들을 보면 불쌍해한다. '어쩜 좋아, 아이고 걱정이네, 안됐다'라며 동정과 위로의 시선을 보낸다. 아픈 사람들은 불행할 거라고 믿어버린다.

내가 아는 지연이는 어릴 적 사고로 아주 조금 다리를 절룩거렸다. 자세히 보지 않으면 티가 나지 않을 정도였다. 그런데 구두를 신으면 절룩거리는 모습을 감추기가 어려웠다. 그래서 가급적 구두를 신지 않으려 했다. 구두를 신는 것이 어려운 것이 아니라, 구두를 신고 걸어갈 때 사람들이 보내는 시선과 혼잣말이 두려웠기 때문이다. 지연이는 정말 행복한 삶을 살아가고 있었다. 헤어 디자이너가 되겠다는 자신의 꿈도 이뤘고 그 분야에서 나름 촉망받는 인재였다. 불행하지 않았다. 더군다나 지연이는 하이힐을 신고 예쁜 원피스를 입는 것을 좋아했다. 그런데 지연이가 원피스를 입고 하이힐을 신고 나가면 여기저기서 들려오는 말에 상처를 받았다.

"저 여자 다리 봐, 불편한가 봐."

"다리 때문에 인생 망쳤네."

"저 여자 불쌍하다, 그치?"

'장애가 있으면 불행하겠다'는 생각은 순전히 장애를 가지지 않은 우리들의 생각일 뿐이다. 장애를 가지면 불행할 거라는 우리의 생각에서 편견이 만들어진다. 오히려 장애가 있는 사람들은 그것이 장애라 생각하지 않고 사는 경우도 많다. 수많은 몸의 부분 중 하나가 불편할 뿐이라고 생각한다. 자신이 불행하다고 생각하지 않고 다른 사람이랑 똑같이 행복하게 하나씩 자신의 삶을 꾸리고 살아간다. 어디가 불편하다고 불행한 것은 아니다. 빨갛다고 전부 매운 것은 아닌 것처럼.

나도 쉽지 않다. 경험을 바탕으로 만들어진 나의 편견들로 세상을 바라본다. 생각은 늘 내가 하는 것이니 결국 나의 모든 생각은 편견이라고 봐야 한다. 다만 판단할 때 그 균형을 맞추려 노력하고 있을 뿐이다. 저 사람은 내가 아니니까, 나와는 전혀 다른 경험을 할 수 있으니까.

젊어도 아프다. 덩치가 크다고 많이 먹는 건 아니다. 체구가 작다고 적게 먹지도 않는다. 대통령의 딸이라고 정치를 잘하는 것도 아니다. 서울대를 나왔다고 모든 것을 아는 것도 아니다. 그런 판단은 넣어두면 좋겠다.

_12

니들이 있어서 산다

어릴 때 나는 엄마의 머리카락을 만지는 걸 좋아했다. 한시도 엄마와 떨어지기 싫어했다. 떼쓰기가 주특기였던 나는 울보였고, 툭하면 엄마 앞에서 엉엉 울었다. 그런 나를 보며 엄마는 참 걱정이 많았다. 엄마가 출근하는 아침이면 늘 문 앞에 서서 “엄마, 가지 마”를 악 쓰며 외쳤다. 엄마는 그런 나를 두고 출근하는 마음이 늘 건빵을 한 100개쯤 매일 물 없이 먹는 기분이었다고 했다. 목이 메었고, 가슴이 아팠단다. 엄마밖에 모르는 큰아들이 엉엉 울며 고사리 같은 손으로 옷 끝을 꼭 붙드는 걸 뿌리치는 일은 시간이 지나도 익숙해지지 않았고, 하루 종일 답답한 가슴을 쳐대며 일을 하셨다고 했다. 그리고 지금은 아들들에 대한 또 다른 걱정들로 목메어 하신다. 엄마는 그랬다.

부모님이 해준 것을 헤아리면 끝이 없다. 내리사랑의 힘은 늘 강력하다. 우리가 아무리 흉내를 내어 효도하려 해도 그 끝없는 배려와 사랑을 무슨 수로 따라 갈 수 있을까? 아버지, 엄마는 아쉬운 것 없이 날 키우셨다. 그럼에도 부모님은 늘 내게 미안해하신다. 시킨다고 시켰고, 키운다고 키웠지만 나를 통해 보는 자신들의 부족함을 탓한다. '이랬어야 했는데…'하고 후회하시는 일도 많고, '내가 조금 더 안아줬어야 했는데…'하며 미안해하신다. 답답한 마음을 지고 가슴을 쳐대며 살았던 삶에도 불구하고 엄마는 늘 자신을 뒤돌아보며 아파했다. 놓친 것들을 하나하나 복기하시면서 희미한 기억을 붙들고 울기도 하고 안타까워하기도 했다. 힘드시지 않느냐는 질문에 "그래도 니들이 있어서 산다"며 웃으신다. 나는 그런 부모의 자녀이고, 아들인 것이다.

자식을 낳아 기르는 일은 쉽지 않다. 해보지 않았으면 말을 말아야 한다지만 그래도 나는 수많은 엄마들을 만나면서 간접적으로나마 부모가 이겨내고 있는 시간의 무게가 웬만한 큰 배의 닻보다 더 무겁다는 것을 알았다. 아이를 무사히 잘 낳기만 하면 끝날 것 같았던 순간이 사실은 아주 작은 시작에 불과하다는 것을 맞닥뜨리면 한숨이 '훅' 나오기도 한다. 더군다나 자녀를 기른다는 명목 아래 엄마들의 수많은 꿈들이 접힌다. 그런데도 엄마들은 견뎌낸다. 자신의 인생을 포기하고 아이들 하나 잘 키우겠다는 일념으로 집으로까지 출근해서 몇 십 년간 퇴근하지 못한다. 내 아이만을 바라보고 나 자신을 버려야 이룰 수 있는 삶이다. 어찌 고단하지 않을까? 어찌 부담스럽지 않을까? 한 아이가 세상에서 제 구실을 하게끔 애쓰는 부모의 마음이란 여간해서는 견뎌낼 수 없을 만큼 무겁고 질리도록 긴 시간이다.

아내는 나에게 5명은 낳자고 매일 말하지만, 솔직히 나는 자신이 없다. 경제적인 것도 생각해야 하고, 내가 좋은 아빠가 되어 줄 수 있을지에 대해서도 생각해봐야 한다. 그때마다 아내는 "낳으면 알아서들 큰다"고 이야기하지만 전혀 믿음직스럽지 않다. 나는 아내에게 엄포를 놓는다.

"나한테 안 도와달라고 할 자신 있으면 그러자!"

안 도와줄 내가 아니지만, 사실 그만큼 자신이 없다. 아이에게 스스로 세상을 살아나갈 힘을 불어넣어준 나의 부모처럼 해낼 자신이 없다. 부담스럽다.

세상 모든 부모는 하나 같이 좋은 엄마 좋은 아빠가 되어주고 싶어 했다. 모두가 기준은 다르지만, 그렇게 되고 싶어 했다.

부족한 것 없이 키우고 싶고, 아이가 부족한 부분이 보이면 학원을 보내서든, 과외를 시켜서든, 채워주고 싶어 했다. 그러기 위해 엄마가 감당해내야 할 일들, 아빠가 감당해내야 할 일들을 묵묵히 견뎌낸다. 촘촘하게 박혀 있는 수많은 부담을 감당해내면서 조금 더 좋은 것, 조금 더 좋은 세상을 아이 앞에 내놓으려고 애쓴다.

자녀를 키우는 부모를 보면 할 수 있는 일보다 그야말로 해내야 하는 일들을 하고 있다는 느낌이 강했다. 가능해서 하는 것이 아니라 감수하고 감내하고 감당해내고 있는 것이다. 무수히 많은 걱정 앞에 당도했을 때 용기를 내고, 아이의 길을 가급적 닦아주려고 애썼다. 그게 잘 작용할 때도 있고, 오히려 서로가 부담되는 상황이 벌어지기도 하지만 할 수 있어서 하는 것이 아니라, 불가능에 가까운 것임에도 해낸다. 그래서 나는 자신이 없다. 내 자식에게 그렇게 해줄 힘이 내게는 없을 것만 같다. 지금의 내 눈엔 모든 것이 불가능해 보인다.

매번 5명은 낳자는 아내의 말에, 나는 한 명만 나아서 잘 기르자고 타일렀다. 당장 아내가 일을 그만두고 난 후 줄어들 소득도 걱정이었다. 아내가 일을 한다면 아이를 어디에 맡길 건지도 걱정이었다. 나라가 도와줄 것 같지는 않고, 부모님께 부담을 안겨드리고 싶지도 않다. 굳이 따지고 보자면, 아이를 낳아 기를 이유보다 기르지 못할 이유가 훨씬 더 많았다. 무엇도 보장되지 않는 세상에 아이를 낳아 기른다는 것은 내가 직면한 가장 큰 난제처럼 느껴졌다. 내 주변에서도 그렇게 느끼는 사람이 많았다. 첫째는 많이들 낳았지만, 둘째는 고민한다.

엄마에게 물었다.

"엄마는 언제 눈앞이 캄캄했어?"

"몰라서 묻니?"

"응."

"아들아, 다시 물어봐라. '언제 안 캄캄했어?'라고."

피식 웃었지만 엄만 그만큼 힘드셨던 거다. 교직에 계시면서 아이 둘을 뒷바라지하고, 정신적으로 지지해주는 일은 생각보다 훨씬 더 큰일들이었을 것이다. 자식을 위해 숨죽여 울던 날도 많았으리라. 그리고 생각보다 이 세상에 많은 아빠, 엄마들이 그 일들을 감당해내고 있다. 나는 엄마에게 눈치 없이 물었다.

"그런데 어떻게 매번 그렇게 악을 쓰며 우는 우리를 키웠대? 힘드셨을 텐데?"

"참 희한한 게, 내가 목이 메어서 컥컥 거릴 때, 더 이상 못하겠다 싶을 때, 꼭 그때 니들이 별사탕을 입으로 넣더라."

"응?"

"달콤한 거지, 너희들이 커가는 모습을 보는 게. 지금 생각해보면 그 맛에 매일 건빵 100개를 물 없이 먹었던 것 같아."

그날 나는 엄마랑 참 많은 대화를 했다. 좋은 엄마라는 게 별것 없다는 것부터, 엄마가 좋은 엄마가 되기 위해 했던 일들 대부분이 전부 부질없었다는 이야기까지. 생각해보면 엄마가 내게 무엇을 해줘서 좋은 엄마가 아니었다. 그저 곁에 있어 주었다는 것만으로도 충분했다. 평생 모르다가 엄마, 아버지가 우리를 위해 감당해내는 것들이 느껴질 때, 나도 모르게 울음이 터진다. 그 안에서 엄마, 아버지의 인생이 보이기 때문이다.

육아는 힘든 일이다. 한 사람의 인생을 감당해내는 일이니까. 그러나 피하면 우리 인생에 가장 달콤한 별사탕도 함께 잃는다.

_13

거절은 다음 한 걸음을 의미할 뿐이다

준석이에게 엄마와 아빠가 없다는 사실을 알았을 때, 나는 아무 말도 할 수 없었다. 할머니 밑에서 컸던 준석이는 유난히 밝았고, 남들의 시선에 아랑곳하지 않았다. 스스로 어떤 것도 헤쳐 나갈 힘이 있는 친구였고 보이지 않는 곳에 어두운 면이 있다는 것도 내색하지 않았다. 물 흘러가듯 자연스럽게 친구들과 어울릴 줄 알았다. 구김 없이 배시시 웃는 매력도 있었다. 한참이 지나서야 준석이가 말을 해서 알았다. 티 내지 않았지만 아파하고 있었다. 나는 그 아이 앞에서 아무 말도 할 수 없었다. 내가 생각 없이 했던 행동과 말들이 얼마나 큰 상처였을지 가늠이 되지 않았기 때문이다. 그가 견뎌냈을 시간이 까마득했다.

준석이는 어머니가 자신을 떠난 이야기를 시시껄렁한 이야길 하듯 웃으면서 했다. 아빠는 누군지 모른다고 했다. 누군가 순간을 잘라내어 사진을 찍어놓은 것처럼 나는 그때를 잊을 수가 없다. 말을 하는 내내 눈은 전혀 웃고 있지 않았다. 부모에게 거절당한 그의 아픔이 눈에 잡혔다. 말없이 길을 함께 걸어주는 일이 내가 할 수 있는 전부였다.

각자 대학에 입학하면서 오랫동안 연락하지 못했다. 고향에서 떨어져 나와 서로의 시간을 보내느라 정신없었고, 어디선가 막연히 '잘살고 있겠지'라는 추측만 있었을 뿐, 뚜렷하게 뭘 하고 지내는지 아픈 곳은 없는지는 알 수가 없었다. 그런데 어느 날 전화가 왔다. 준석이의 목소리는 유독 축축했고, 그 덕에 남자끼리 6시간이 넘는 긴 통화를 했다. 수화기 너머로 들리는 친구의 목소리에서 힘없고, 주눅 들고, 쓰라린 상처가 느껴졌다. 친구는 온몸으로 아파하고 있었다.

자신을 키워준 할머니가 돌아가셨고, 고아가 되었다. 이 세상에 가족이라고는 할머니뿐이었는데 잃고 나니 막막하다고 했다. 그때부터 의기소침해지기 시작했고, 누군가에게 말을 거는 것, 함께 한다는 것이 두렵고 무서워졌다. 자신이 고아라는 것을 인식하자 누구도 자신을 있는 그대로 봐줄 것 같지 않았다. 준석이는 사람들을 멀리했다. 누군가로부터 멀어짐을 당해낼 자신이 없었다. 한 걸음 또 한 걸음 스스로 그렇게 멀어지다 보니, 어느 순간 외톨이가 되어 있는 자신을 발견했다고 했다. 자신에게 주어진 시간들이 너무 가혹하게 느껴졌다고 했다. 그런 그도 좋아하는 사람은 있겠지 싶어 넌지시 물었더니 "있었지만, 말 한번 못 걸어 봤어"라는 대답이 돌아왔다.

"무슨 말이라도 해보지 그랬어? 같은 과였어?" 나는 물었다.

"아니 다른 과였는데, 왠지 다가서지 못하겠더라고. 아무 말도 못 걸었어, 결국."

"왜? 말을 해야 네 맘을 알지."

"거절할 것 같아서…."

준석이는 오랜 시간 좋아한 여학생에게 "저기요" 한번 못 해본 채 그냥 그렇게 졸업을 해버렸다. 지금도 길을 가다가 그 친구의 이름만 들리면 혹시나 하고 뒤돌아본단다.

우리는 거절당하는 것을 두려워한다. 그래서 시도해보는 것이 부담스럽다. 다른 사람은 다 되는데, 나만 안 될 것 같은 때가 있다. 굳이 비교를 해도 크게 다르지 않은데, 꼭 세상 전부가 '너는 틀렸다'고 말하는 것 같아 상심한다. 가슴을 부여잡고 울어보기도 하고, '나도 더럽고 치사해서 필요 없다'며 길길이 날뛰기도 한다. 소리 지르고 악을 써도 거절당한 상처는 사라지지 않지만 그렇게 해서라도 '세상에 나는 필요한 사람이다. 나의 의견은 중요하다. 나는 사랑받을 가치가 있다'울부짖었다. '언제나 거절당할 수 있다'는 생각은 우리를 주춤하게 한다.

거절을 감내하는 일은 쉽지 않다. 사랑하는 사람을 앞에 두고 마음을 고백하는 일에 큰 용기가 필요한 이유는 고백하는 순간 내가 거절을 당할 위치에 서기 때문이다. 그걸 감수하고 마음을 표현하는 일에는 대단한 용기가 필요하다. 끊임없이 떨어지는 시험에도, 그리고 취업에서도 자신을 드러내고 '잘할 수 있다'보여주며 일을 하고 싶다고 애원하는 일은 분명 부담스러운 일이다. 합격자 발표 날 두 눈을 가리고 심호흡을 하며 내가 받아들여질 것인지, 받아들여지지 않을 것인지를 확인하는 순간은 숨 막히게 부담스럽다. 그것뿐일까? 기껏 의견을 이야기하라 그래서 자신 있게 이야기했더니, 원색적인 비난이 쏟아진다. '생각이 있냐, 없냐'부터 시작해서 '그만 의견을 낼 거면 나가라'고 한다. '내 이야기가 틀릴지도 모른다, 내 의견이 욕을 먹을지도 모른다'는 생각이 어느새 맘껏 손을 번쩍 들고 누군가에게 내 의사를 전달하지 못하는 세상으로 만들어 버렸다. 내가 부정당하고 거절당할 수 있기에 나서는 일도, 손을 들고 발표하는 일도 여전히 부담스럽고 어렵다.

하지만 거절하는 쪽도 쉽진 않다. 우리가 아끼는 사람, 계속해서 관계를 이어나가야 할 사람, 사랑했던 사람, 사랑할 사람, 함께 일하는 사람, 존경을 표하는 사람, 이해타산이 엮여 있는 사람 앞에서 우리는 거절에 편하지 못하다. 우리가 거절하는 그 순간이 마치 사랑하는 사람을, 아끼는 사람을, 관계하는 사람을 부정하는 것처럼 느껴져서다. 그게 설령 그 사람에게 너무나 도움이 되는 거절이라도 그저 거절이라는 이유 하나만으로 조심스럽고 마음 아프다. 거절은 하는 쪽도, 당하는 쪽도 힘들기에 그 상황에서 서로를 좀 더 봐줄 필요가 있다. 올바른 거절과 또 그전에 임하는 서로의 마음을.

햇볕이 따갑고 눈부신 날, 우리가 선글라스를 쓴다고 햇볕을 부정하는 것이 아니다. 조금 더 선명하게 세상을 바라보고 걸어 나가기 위해 쓴다. 누군가 우리를 거절하는 일은, 밝은 세상에서 조금 더 뚜렷하게 앞으로 걸어 나가라는 신호인지도 모른다. 그리고 우리는 그 신호를 편견 없이 받아들일 힘을 조금씩 쌓아가고 있다. 우리를 위해 편견 없이 거절해주는 사람들을 통해서. 거절당하는 것에 대한 두려움으로 인한 부담은 언제나 우리 삶 곁에 있다. 그래서 도전, 용기와 같은 단어들이 우리에게 에너지가 되고 다시 한 번 더 시도할 수 있는 힘이 되는 게 아닐까? 두려움으로 인해 아무것도 시도하지 못하는 삶, 그래서 아무 일도 일어나지 않는 삶을 원하진 않을 테니까.

괜찮다, 거절당해도 괜찮다. 그 안을 들여다보면 우리가 또 한 걸음 걸어갈 수 있는 이유가 있을 테니까. 거절당했다고 끝나는 것이 아니다. 절대로 착각할 필요 없다. 오히려 거절당하는 일이 두려워 아무것도 하지 않는 것이 더 미련하다. 가끔 거절 속에서 우리는 삶에 대한 힌트를 발견할 수 있다. 숨은 그림 찾기처럼 상처라는 아픔의 모습으로 우리를 현혹하기도 하지만 진심 어린 거절은 우리에게 또 다른 길이 되어 준다.

'아니오'는 다음 한 걸음을 의미할 뿐이다. 거절은 결코 후퇴가 아니다. 그러니 덜 힘들어 했으면 좋겠다. 열 번 찍어 안 넘어가면 열한 번 찍으면 된다. 나무는 어디 안 간다.

_14

우리의 최선과 누군가의 시선

내가 모르는 사람이 나를 빤히 쳐다본다. 시선을 전혀 느끼지 못하다가 깜짝 놀라 얼굴에 뭐 묻었나 싶어 여기저기를 살폈지만 특별한 건 없었다. 그런데 그 사람의 시선이 찰싹 달라붙어 내게서 떨어지지 않는다. '왜 저러지?'하는 생각도 잠시, 쓸데없는 자존감에 벅차오르기도 한다. '나한테 관심 있나?' 상대방의 시선을 내 멋대로 해석했다. 오해를 사기에 딱 좋다.

사람들과 눈을 마주치는 일들이 잘 없다. 내가 사는 아파트는 2000세대가 사는 대단지임에도 심지어 옆집에 사는 사람과 인사를 나누어 본 적이 없다. 엘리베이터를 타는 그 찰나,

누군가를 만나면 인사를 할 것인가 말 것인가, 눈을 맞출 것인가 맞추지 않을 것인가를 결정해야 했다. 고개를 바닥에 콕 박는 순간, 밀폐된 공간의 무게는 무거워지고 시종일관 덮쳐오는 어색함을 견디기가 힘들다. 그래서 애꿎은 바닥만 쳐다보거나, 아니면 각 층의 숫자 바뀌는 것을 목 빼고 보고 있다. 제법 여러 번 마주쳤는데도 어렵다. 눈 한번 맞추기가, 빙그레서로 웃어주기가, "잘 지내세요?"라는 말 한마디 던지기가 힘들고 어렵다.

누군가의 시선을 받아내는 일은 힘겹다. 물론 누군가에게 시선을 던지는 일도 쉬운 일은 아니다. 눈빛에 감정이 담겨 있기 때문이다. 그 안에는 사랑도, 우정도, 위로도 담겨 있다. 때론, 시선이 오해를 담고 상대방을 향해 날아갈 수도 있지만, 단정 지을 수는 없다. 그 안에는 다양한 의미들이 내포되어 있기 때문이다. 그래서 시선은 받아내는 것도 주는 것도 쉬운 일은 아닌가 보다.

눈빛에 오해가 담기지 않을 수 있다는 걸 느꼈던 것은 해외에서 일을 할 때였다. 사람과 눈을 마주치는 일들이 기분 좋은 건 그때가 처음이었던 것 같다. 남자건 여자건, 우연히 눈이 마주치면 그들은 빙그레 웃으며 아주 살짝 고개를 끄덕였다. 뭔가 이름 모를 의미들이 눈과 눈 사이를 둥둥 떠다녔다.

내가 슬플 때 그 눈빛은 '힘내'로 보였고, 내가 즐거워할 때 그 눈빛은 '축하'의 감정을 담고 있었다. 그들은 시선이 마주치자마자 짓는 빙그레 미소와 가벼운 턱짓 한 번으로 지나가는 사람들과 시선을 던지고 받아냈다. 그것은 마치 미지의 세계에 사는 외계인에게 온몸으로 호소하는 것처럼 왠지 모를 따뜻함이 느껴졌다. 누군가에게 시선을 받는다는 게 또 시선을 던지는 게 그렇게 즐거운 일이라는 것을 전엔 몰랐다.

한국에 돌아와서 오랫동안 지냈던 해외 생활 덕에 나는 시선을 던지는 일에 익숙해져 있었다. 하지만 그리 오래 지나지 않아 시선을 던지는 일을 멈춰야 했다. 일면식이 없는 분들은 나의 시선을 오해했고 그래서 다시 나는 원래대로 시선을 주고받는 것에 어색한 사람이 되었다.

누군가 나를 쳐다본다는 것은 다양한 감정을 일으킨다. 언어적인 측면에서 '바라본다, 지켜본다' 또 '넌지시 본다, 슬며시 본다, 물끄러미 본다, 훔쳐본다'등의 시선에는 한 사람이 가지고 있는 생각을 싣는다. 단순하게 친근함을 표시할 수도 있고, 강력하게 유혹의 마음을 전달할 수도 있다. 잘 알지 못하거나 특별한 상황에 눈치란 결국 상대방의 눈빛을 읽는 것이고, 신기하게도 그 눈빛을 읽는 것만으로도 상황을 끌고 갈 수 있는 순발력이 생긴다.

상대방과 눈빛을 주고받는 사이라는 것은 꽤나 깊은 사이를 의미한다. 눈빛만으로 소통할 수 있는 관계는 결코 가벼운 관계라 부를 수 없다. 선생님이 질문을 하기 위해 아이들에게 시선을 줄 때 그 시선을 받아내는 친구들은 분명 둘 중 하나다. 선생님이 좋아서 선생님의 시선을 받아내 대답하고 싶어하는 아이들, 아니면 이미 선생님과 수업 시작부터 그 흐름을 함께 이끌고 호흡한 친구들이다. 이미 시간을 들여 깊어졌거나 곧 깊어질 친구들인 것이다.
누군가를 바라보는 것, 그리고 누군가가 나를 바라본다는 것은 어려운 일임에 분명하다. 의중을 모른 채 온몸으로 받아내는 시선은 사실 꽤나 부담스럽다. 하지만 시선은 깊은 마음을 내포하고 있다. 떨어지는 낙엽을 보면서 우리는 가을에 아스라한 외로움의 깊이를 느낀다. 갓 태어난 아이를 바라보는 부모의 시선에는 형언할 수 없이 큰 사랑이 담긴다. 시간이 흘러 그 시선이 아이들에게 부담이 되기도 하고, 응원이 되기도 한다. 떠나는 뒷모습을 바라보는 시선엔 안타까움이 실리고, 미워하는 사람에게는 분노가 실린다. 시선은 그저 물리적으로 바라보는 것이 아니라 그 사람을 느끼고 읽는다. 그래서 마주칠 것 같지 않던 시선이 허공에서 마주칠 때 서로의 마음을 확인한다.

가끔은 한 번씩 가까운 사람의 눈 안에 비치는 나를 볼 때가 있다. 그러면 느껴진다. '내가 이 사람을 이런 모습으로 보고 있구나'를 명확하게 알게 된다. 사랑, 미움, 아쉬움, 슬픔, 외로움으로 이름을 바꿔가며 말하지 않아도 지그시 던져지고 있다. 매 순간 놓치지 않고 소리 없이 말하고 있다.
시선을 감당하는 일은 쉬운 일이 아니지만, 막상 누군가 툭 치고 들어오는 시선을 느낄 때 나는 반갑다. 엘리베이터의 문이 열리고 생전 처음 보는 아이가 '이 큰 인간은 누구지?'하고 멀뚱멀뚱 쳐다보면 굳이 내게 '안녕하세요' 인사하지 않아도 내게 인사하는 것만 같다. 그리고 나는 그 아이의 눈을 보며 빙그레 웃는다. 아무 말하지 않아도 기분이 꽤 좋아진다. 내친 김에 "안녕"이라는 인사 정도를 던진다면 분명 더 좋겠지만.
인생에서 어떤 마법 같은 순간은, 어느 드라마의 대사처럼 '우리의 최선과 누군가의 시선'으로 만들어진다.

시선은
깊은 마음을 담고 있다

_15

당신만의 사만다, '나'

세상에 홀로 우뚝 서 정지돼버린 느낌이었다. 바람이 불어도, 비가 몰아쳐도, 넘어지지 않을 거라고 온몸에 힘을 줘 보기도 하지만, 사실은 누군가 입김으로 '후' 하고 불어도 금세 쓰러져 버릴 것 같은 그런 날들이 있다. 내 이야길 할 사람도, 흠뻑 기대어 울 수 있는 등도 내게는 없다. 사랑하는 내 모든 사람이 서운할 테지만 가끔은 정말 내가 하고 싶은 이야기를 할 수 없을 때가 있다. 걱정할까 봐, 아플까 봐, 힘들까 봐 아무 말하지 못한다. 할 수 있는 일은 마음을 다해 '괜찮아'라는 말 뒤에 숨어 스스로를 기꺼이 안아주는 일뿐이다. 그냥 어떤 잡생각도 앞에 두지 않고, 그저 주절주절 떠들면서 위로

받고 싶은 순간에 생각나는 그런 사람이, 우리에게는 정말 필요하다.

영화 'her'에서 나오는 사만다는 컴퓨터 운영체계다. 그녀는 스스로 0.03초 만에 사전을 뒤져 자신의 이름을 스스로 정할 수 있는 인공지능, 사람보다 더 따뜻한 감정을 가진 인공지능 컴퓨터(?)인 것이다. 사만다는 사랑하는 아내와 헤어지고, 시간을 흘려보내는 테오도르에게 적잖은 위로가 되어준다. 테오도르는 다른 사람에게서 위안을 구하려 했지만, 번번이 실패한다. 예민하고 내성적인 그의 마음을 달래주는 일이 쉽지 않아서인 면도 있고, 마음이 잘 열리지 않는다는 이유도 있었다. 하지만 테오도르는 그만의 그녀 '사만다'를 만나면서 자신의 삶에 새로운 숨결이 불어온다는 것을 직감한다. 사소한 것이라도 배우는 걸 좋아하고, 낙천적이며, 오로지 단 한 사람, 테오도르만 보는 그녀다. 비록 운영체제지만, 예민하게 테오도르의 마음을 챙기고 들어준다. 영화 내내 관객은 사만다를 오로지 목소리로밖에 만나지 못한다. 물론 그녀의 목소리가 실제 '스칼렛 요한슨'의 목소리라 충분히 상상할 수 있지만, 영화가 진행되다 보면 스칼렛 요한슨은 사라지고 그 자리에 사만다만 남는다. 오로지 가슴 깊이 테오도르를 사랑하고 섬세하게 챙기는 'her'만 거기에 있는 것이다.

우리에게 그런 '사만다'가 있다면, 만나지 못하는 아쉬움이 여전히 있겠지만 내가 필요할 때마다 전화를 걸면 받아주는 그녀가 내게 있다면, 따지지 않고 조심스럽게 다가와 주는, 그래서 어떤 말이든 다 하게 만들고 위로해주는 사람이 있다면, 우리는 조금 더 힘을 낼 수 있지 않을까?
우리에게도 'her' 혹은 'him'이 있다면 좋겠지만 안타깝게도 그런 존재는 없다. 사람은 누구나 나 아닌 다른 사람을 객체로 다루고, 나 자신에게 귀를 기울이는 일이 훨씬 더 많을 테니까. 나의 모든 감정을 들여다 봐주고 하나씩 다독여 주는 존재는 내 곁에 없다. 자신이 알고 있는 조언을 던지면서 우리의 기분 상태를 봐주는 사람도 별로 없다. 내 일을 자신의 일인 것처럼 덤벼들어주는 사람도 없다. 그리고 있다 하더라도 선뜻 그들에게 우리의 감정을 내비치지 못할 것이다. 그들에게 조언을 들을 용기도 없기 때문이다. 오히려 우리는 자신의 일인 것처럼 덤벼드는 자들을 경계한다. 그게 우리 삶이다. 귓가에 속삭이는 her나 him이기보다 nam이 더 많은 세상이니까. 어쩌면 오랫동안 우리는 스스로 누군가에게 남이 되길 바라왔던 것은 아닐까? 남으로써 살아가기 위한 방벽을 쳐두고 언제나 나만을 먼저 들여다보았고, 나의 속도로 진행하지 않았나 싶다. 그리고 그렇게 우리는 우리 앞에 누군가에게 계속해서 남으로 인식되면서 누군가에게 나를 보여주는 일이 드물어졌다. 힘을 좀 뺐어야 했다. '남'이라는 글자에 점 하나를 빼면 '님'이 되듯. 조금은 누군가에게 님이 돼주기 위한 용기가 필요했다.

우리에게 '사만다'는 환상이다. 하지만 우리가 '사만다'가 되는 건 현실이다. 다른 사람이 우리에게 '사만다'가 되어주는 일은 힘겹지만, 우리가 사랑하는 사람에게 '사만다'가 되는 일은 마음만 먹으면 될 일이다. 자신의 박자와 더불어 뒤를 돌아보면 얼마든지 상대방의 박자에 맞출 수 있다. 당신을 통해 조금 더 활기찬 하루를 살 수 있는 사람이 '한 명' 더 늘어난다. 그러면 조금은 더 많은 사람들을 둘러볼 수 있을 테고 그러다 보면 나만의 '사만다'가 되려 하는 내 주변 사람들을 발견하게 될 것이다. 소중하게도 그들은 문득문득 예고 없이 너무나 깊고 따뜻하게 우리 옆에 있어 준다.

어쩌면 우리의 사만다는 더 가까이에 있을지도 모른다.

_16

우리 모두는 '멜랑콜리'하다

우리가 슬퍼지는 때는 무언가 잘 안 되고 있을 때다. 사랑하는 연인과 헤어지거나 오랫동안 준비해온 것이 허무하게 끝이 났을 때, 기다리던 날이 갑자기 밀리거나 취소가 되었을 때도 슬프다. 긴 편지를 쓸 수는 있지만 결코 당사자가 읽지 못하는 상태일 때, 내 마음을 다 보여주고 싶지만 그 마음을 전달하는 일이 어려울 때 우리는 아프다. 인정받지 못하고, 잘해내지 못하고, 사랑받지 못하고, 놓치고, 미움을 받고, 알아주지 않을 때 우리는 슬픔을 느낀다. 다른 이는 알 수 없는, 오로지 이 세상 나만이 알 수 있는 그 아픔을 온전히 견뎌내고 흘려보내야 한다. 우리가 마음을 다하던 일일수록 더 깊은 슬픔으로 남는다. 그 슬픔들은 우리를 떠나지 않고 주위를 맴돈다. 언제였을까? 무심코 툭 '행복하다'는 단어가 입 밖으로 튀어나오던 순간이…. 시간을 감내해가며 해야 할 일들에 언제나 노력하고 있음에도 웃을 수 있는 날이 별로 없다. 치덕치덕 슬픔만 내 마음에 묻는다.

내게 성공은 언제나 다가가기 먼 단어였다. 노력 끝에 오는 달콤한 열매란 나에게 열리지 않는 미지의 무언가였다. 잦은 실패에 늘 움츠려 있었고, 늘 도전은 했지만 종착지는 한결같이 실패였다. 그럴 때마다 나는 불을 끈 채 이불을 뒤집어쓰고 혼자 울었다. 텅 빈 방 안에서 엉엉 울어도 좋으련만 내 슬픔이 새어나갈까 두려워 숨죽여 울곤 했다. 누구보다 열심히 했는데, 이번엔 이룰 거라고 자신했는데, 잘해보려고 노력해도 늘 그 자리였다. 나를 보며 한숨 쉬는 엄마에게 죄송하고, 아무 말 없이 기다려주는 아버지에게 죄스러웠다. 아무리 해도 늘 죄스럽고, 미안해해야 하는 일들의 반복이었다. 그리고 그 순간들은 멈추지 않고 계속해서 내게 찾아왔다. 하나를 겨우겨우 넘어가고 난 다음에, 또 다른 하나를 힘겹게 넘어간 다음에도 어려움과 슬픔은 늘 나를 다시 찾아왔다.

사실 '행복'과 '성공'은 동일어가 아니다. 하지만 우리는 '실패'와 '불행'이 동일어라고 느낀다. 무언가를 이루지 못하거나 우리의 노력이 인정받지 못했을 때 우리는 실패했다고 생각하고 동시에 불행하다고 느낀다. 사실 성공은 그냥 '뭔가를 잘하고 있다'는 의미다. TV 속에서 혹은 주변에서 성공한 사람들을 보면서 우리는 부러워하지만, 실상 그 사람도 온전히 성공적이라고 보기는 힘들다. 그 사람이 이룬 '성공'이라는 것은 어디까지나 하나의 영역에서이고 아마 나머지 영역에서는 평범한 우리와 다름없이 끊임없는 실패의 연속일 것이다. 모든 면에서 성공적이라는 것은 사실 없다.

좋은 삶이란, 아니 행복한 삶이란, 우리가 어느 부분에서 성공적이어야 하는지, 행복해야 하는지를 현명하게 선택해가는 과정이다. 사업가로서는 실패했지만 행복한 한 아버지를 알고 있다. 그는 큰 차와 큰 집은 없었지만 사랑하는 딸이 4명이나 있었고, 아들도 한 명이 있었다. 그리고 그 4명의 딸과 1명의 아들은 세상 그 누구보다 아버지를 사랑하고 아꼈다. 그가 많은 돈을 벌지 못했다고 해서 불행한 사람이라고 말할 수 있을까? 실패한 사람이라고 말할 수 있을까? 오히려 어떤 면에서 매우 성공적이다. 둘러보면 그렇게 성공적인 사람이 우리 주변에 너무 많다. 그리고 순간순간 그들은 성공을 선택하며 현명하게 자신의 삶을 꾸리고 있다. 하지만 아이러니하게도 그 아버지 또한 슬퍼했다. 더 해주고 싶은 것이 많기 때문이다. 슬픔은 늘 우리 곁에 있다. 못한 사랑에, 직업에, 결과에, 또 어떤 것에….

이토록 슬픔이 많은 한국인에게 작가 '알랭 드 보통'이 이렇게 말했다.

"한국인들은 행복하지 않아요. 사실 그렇게 행복한 사람도 없습니다. 하지만 제가 한국인에 대해 사랑하는 점은, 그들은 그들 스스로 행복하지 않다는 것을 알고 있고, 그들이 해야 할 일을 알고 있다는 점입니다. 미국인들과 달리 말이죠. 미국인들은 행복하지 않으면서 스스로 행복하다고 생각해요. 반대로 한국인들은 행복하지 않다고 생각하죠. 그건 굉장히 좋은 시작입니다. 그들은 슬퍼할 줄 알아요. 그렇기 때문에 행복해질 자격을 갖추게 되는 것입니다. 한국인은 한국인만의 멋진 '멜랑콜리'를 가지고 있습니다."

우리는 슬퍼하며 살아간다. 알랭 드 보통의 말처럼 행복하다 위장하지 않고 우리는 슬픔에 직면한다. 우리는 실패를 모른 척하지 않는다. 울고 아파할지라도 우리가 행복할 권리를 향해 또 살아간다. 우리가 해야 할 일이 있기 때문이다. 그리고 그 과정 속에서 우린 또 울고 아파하고 있을지도 모른다. 다만 아직 우리는 실패하지 않았다. 슬프고 아픈 채로 머물러 있지 않았으면 좋겠다. 우린 모든 면에서 성공적일 수 없다.

그 말은 '우리는 모든 면에서 실패할 수 없다'는 말과 동일하다. 지금 당장은 실패해 슬픔에 잠겨 있더라도 분명 또 어떤 영역에서 우리는 대단히 성공적인 사람일 것이다.

우리는 모두 행복해지고 싶다. 그 과정에서 만난 사람과 함께 슬퍼하면서도 든든한 존재가 되어주길 바란다. 오히려 슬픔은 자격에 가깝다. 행복하려는 사람들의 시작이기 때문이다. 그리고 다시 한 번 잊지 않았으면 좋겠다. 분명 슬프더라도 당신은 삶의 한 영역에서만큼은 대단히 성공적일 것이다. 당신의 '멜랑콜리'를 응원한다.

melancholy

멜랑콜리

_17

인생은 좀 밀리고 밀리다 도착하는 법이다

"아, 또 밀리네."

"사고 났나 봐."

"그럴 수도 있고, 공사하나?"

"설마 출근시간에 공사를? 아니겠지."

"아, 이러다 늦겠는데…."

고속도로 위에 차를 올려놓기 시작했을 때만 해도 설마 했다. 그러나 조금씩 주춤거리기 시작하고 결국 고속도로 위에 차가 섰다. 혹시나 했는데 역시나였다. 꼭 급할 때만 이렇게 막혔다. 시간이 촉박해서 급한 마음에 아무리 손목시계를 쳐다봐도 시간만 흘러갈 뿐, 우리가 타고 있는 차는 흘러가지 못했다. 대형 주차장에 서 있는 기분이었다. 조금씩 앞으로 나가는 것도 스트레스였다. 브레이크를 발로 눌렀다 뗐다 하는 것도 고역이었다. 어떤 날은 사고 때문에 차가 밀렸고, 어떤 날은 타이밍이 좋지 않은 공사 때문에 밀리기도 했지만 이유 없이 막연하게 기다리는 일도 많았다. 온갖 추리를 다 해봐도 대부분 결국 이유를 모른 채 고속도로를 빠져나오곤 했었다. 40분이면 갈 수 있는 길을 그렇게 보통 80~90분이 걸려 겨우 목적지에 도착했다. 심지어 밀릴 것까지 계산해서 나왔는데도 시종일관 이유 없이 밀렸다. 이상하게 꼭 나에게만 그런 일이 벌어지는 것 같았다. 그리고 이런 일은 도로에서만 벌어지는 것은 아니었다.

예전에 생각하던 나의 모습과 지금의 나의 모습은 많이 다르다. 지금쯤이면 꽤 안정적인 삶을 살고 있을 거라 생각했고, 지금쯤이면 '이루었겠지'하던 것들이 있었다. 노트 귀퉁이에 끼적거려 놓았던 많은 삶의 목표들이, 그것도 아니라면 아주 소박한 바람들이 내 눈앞에 있을 거라 믿었다. 하지만 노트 귀퉁이에 적혀 있던 소망들은 여전히 노트 끝에 존재할 뿐 내 인생에는 없었다. 부단히 노력하며 살았지만 '이번에는 여기까지 하자, 이건 다음에 하자, 이건 내년에 하자'며 조금씩 미뤄두었다. 그렇게 밀리고 밀려 기억 속에서 사라진 것도 많고,

남아있는 것들조차도 여전히 내 인생에서 이루고 싶기만 할 뿐 순간순간 닥쳐오는 현실에 밀려 노트 끝에서 찢겨나갔다. 이제는 그 흔적 정도만 남아 있다. 답답한 건 무엇 때문에 밀렸는지 알지 못한다는 것, 그래서 지금도 계속해서 밀리고 있다. 1년이면 할 수 있는 일들이었는데 어느새 9년이 흘렀다.

새해마다 적는 계획에 자그마치 9년 동안 빠지지 않고 적혀 있던 '기타 배우기'는 여전히 맨 앞자리에 적혀 있다. 괜찮은 기타 멜로디가 들려오거나 유명 오디션 프로그램에서 현을 손가락으로 뜯어 떨리는 음을 내는 장면을 볼 때면, 속으로 '이번 해에는 꼭 배워야지' 다짐하지만 그러지 못했다. 심지어 기타를 괜찮은 가격에 구매를 해두고도 혼자 이상한 음을 내는 정도로 그쳤다. 그냥 긁으면서 혼자 만지작만지작하는 것이 전부였다. 코드를 외우기 위해 코드표를 꺼내놓고 하나씩 하나씩 쳐보는 것도 이틀을 넘기지 못했다. 분명 마음으로 바라는 일이고 꼭 해야지 하는데도 생각처럼 잘 진행되지 않았다. 기타는 그렇게 내 방 안에서, 작은방으로, 작은방에서 창고로, 그리고 창고 안에서도 가장 구석에 박혀 아무 소리도 내지 못하고 있다. 게다가 나는 아직도 코드를 모른다. '기타를 배워야 하는데'라는 생각이 들면 마음이 답답했다. 해결하지 못한 숙제처럼 괜히 마음이 쓰였다. 어쩌다 창고에 들어

갔다가 기타를 볼 때면 괜히 내 의지가 약한 것처럼 느껴지고 초라해졌다. 무려 9년 동안 나는 멈춰있었다. 그리고 그 멈춤으로 스스로를 괴롭히는 일들을 만들었다. 시간이 흐르면 흐를수록 내 안에 남아 풀지 못하는 어려운 수학 문제처럼 남아있는 것들이 많아졌다. '언젠가'라는 리본을 달아두고서.

사실 의지만의 문제는 아니었다. 하고 싶은 일보다 해야 할 일이 많았고, 하고 싶은 일은 늘 해야 할 일에 치여 멈추었다. 거기다가 하고 싶은 일들은 왜 자꾸 많아지는지 알다가도 모를 일이었다. 그러다 보니 과거에 하고 싶었던 일들이 자꾸 밀려 미련으로 남는다. 그렇게 밀리고 밀린 것들이 산처럼 쌓여 내 인생 어딘가에 놓여있다. 마음먹고 딱! 하려 할 때, 하지 말아야 할 이유가 생겨난다. 그러면서 또 미루는 나를 보면 조급해진다. 불안해지고 후회한다. '그때 할 걸, 5분 일찍 일어날 걸'생각한다. 꼭 이유 없이 밀리는 출근길을 만난 때처럼.

고속도로에는 신호등이 없다. 차가 멈춰 설 이유가 없는 것이다. 그런데도 밀린다. 이유는 사람들이 순간순간 밟는 브레이크 때문이라고 한다. 잘 인식하지 못하는 아주 짧은 브레이크가 모여 정체를 만든다. 밀리지 않고 잘 가려면 규정 속도에 맞춰 속도를 유지하고 달려야 하는데 속도를 올리거나 내리면서 밟게 되는 잦은 브레이크와 빠른 길을 찾아 차선 변경을 하며 생기는 잦은 브레이크로 인한 결과였다. 이 두 가지 상황이 조금씩 모여 정체를 만들고 급기야 차를 서게 만든다. 우리가 인식하지도 못하는 그 찰나의 멈춤으로 인해 아예 멈춰버리는 결과를 만드는 것이다. 뚜렷한 이유 없이 고속도로 위에 밀리다 멈추는 현상, 이를 '유령 정체'라고 부른다.

고속도로 위에 놓인 차량들처럼 우리도 인생이라는 길 위에서 예상치 못한 상황에 브레이크를 밟곤 한다. 내 의지와 상관없이 고속도로 상황이 그렇기 때문에 멈춰 서는 것처럼 인생에서도 우리의 의지가 부족해서라고 쉽게 단정하기는 어렵다. 실체가 보이지 않는 밀림에 우리 스스로를 비난할 필요는 없다. 자책을 조금 줄여도 된다. 생각해보면 그냥 조금 겁이 나서 밟은 브레이크일 수 있다. 그것도 아니라면 지나가 버린 소망을 내버려 두지 못해서일 수도 있다. 다만 부단히 노력하며 기껏 시간을 줄이려고 애써보아도 크게 달라지지 않는 도착시간이고 설령 잠시 멈춰 서서 긴 도로가 주차장이 되더라도, 우리는 결국 어느 순간 합당한 대가를 치르고 그 고속도로를 빠져나간다. 다시 올라가긴 하겠지만, 영원히 거기에 있진 않는다.

담아 두기 위한 노력도 우리 인생에 필요하지만 흘려버리는 것도 필요하다. 어쩔 수 없이 브레이크를 밟으면서 괴로워할 필요가 없다. 영원히 밀리는 일은 없으니까. 인생은 좀 밀리고 밀리다 마침내 도착하는 법이다. 나아가지 못한다고 아파할 필요도 없고, 나아간다고 자신할 필요도 없다. 어쩌면 우리 인생에 브레이크는 우리 자신을 지키는, 또 우리를 나아가게 하는 수단일 테니까.

가끔 우리 삶에도 '유령 정체'가 온다. 이유는 알 수 없지만 뭔가 조금씩 밀렸다는 기분이 든다. 근데 뭐 어떤가! 멈춘 김에 조금 쉬어도 된다. 밀렸다는 것은 그만큼 많은 일을 해야 했다는 의미고 또 분명 해왔을 거다. 단지 삶 속에 작은 브레이크들이 있었을 뿐이다. 그런 의미에서 나는 기타를 창고에 좀 더 두기로 했다. 기회가 올 것이라 믿는다.

_18

아무것도 아닌 것은, 아무것도 없다

비슷한 시간을 살아내더라도 우리에게 찾아오는 하루는 매번 다르다. 같은 길, 같은 곳에 있지만 또 같은 사람을 만나더라도 조금씩 다르다. 다만 누군가는 그 작은 차이로 울기도 하고, 하루 종일 웃기도 한다. 한참을 떠들 만한 '사건'은 못 되지만, 시시콜콜 이랬다저랬다 말하며 툭툭 내뱉을 만한 일들이 소박하게 우리 곁에 있다. 작다고 해서 큰 차이가 없다고, 그 시간들을 의미 없다 말할 수는 없다. 그 가치는 한참을 지나봐야 알 수 있기 때문이다. 하루가 모여서 한 달이 되고 그렇게 한 해가 지나면 그제야 삶의 벌어진 틈이 보인다. 그 평범하고 지루한 일상의 일부가, 그럭저럭 보냈던 그런 날들이, 이제 다시 오지 않을지도 모른다는 것을 깨닫는다.
처음 미국에 발을 들였을 때, 모든 것이 새로웠다. 놀라움의 연속이었으며 한편으론 생각보다 촌스럽고 불편한 생활이었다. 인터넷 속도는 도무지 한국을 따라오지 못했고, 생활의 편의성도 비교할 수 없었다. 하지만 움직이는 공간이 커졌다. 쓸데없이 큰 땅은 탁 트인 전망을 선사했고, 어디서나 하늘을 바라볼 수 있었다. 사는 공간이 커진다는 것은 이상한 안정감을 주었다. 그에 반해 전혀 다른 말로 사람들과 대화한다는 것은 미묘한 긴장감을 주었다. 하지만 이것도 저것도 오래가지 못했다. 금방 그 생활에 젖어들기 시작했고 한국과는 반대의 삶에서 느껴지는 불편함과 편리함이 있었을 뿐, 얻는 만큼 잃은 게 있었고 결국 크게 다를 바 없었다. 또 그런저런 하루를 살기 시작했다. 시간이 지나 그날이 내 눈앞에 툭 떨어지고 나서야 그 시간들이 얼마나 새로웠고 얼마나 달랐고 소중했는지 알게 됐다.
미국생활도 익숙해질 무렵 약속한 시간이 흘러서 마침내 '끝'이라는 시간이 왔을 때, 나는 참 많은 친구들과 송별회를 했다. 처음에 일했던 파트 '캔디 콜드런'의 동료들은 하나 같이 '바보 같은 나'를 챙겨주었다. 아픈 날 스케줄을 바꿔주기도 하고 혼자 먹는 밥이 애처로워 보였는지 괜스레 이런저런 이야기를 하며 다가와 주었다. 나는 곧잘 엉터리 손금을 봐주기도 했는데, 친구들은 참 신기해했다. 한 번씩 자기 손금이 변했냐며 손바닥 사진을 보내오는 친구들도 있었다. 아무것도 아닌 것에 참 많이 웃었다. 랭귀지 스쿨에서 사귀었던 친구들은 다양한 국적을 가진 외국인들이었다. 일본인, 중국인, 사우디아라비아인, 브라질인, 멕시코인 등 전부 언어의 벽을 넘어서기 위해 고군분투하는 친구들이었고, 괜히 자기 나라 말로 이상한 말을 하면서 웃곤 했다. 친구들과 마지막을 보낼 때는 서로 자기 나라 말은 금지라며 웃어대곤 했다. 나는 아직도 각 나라 언어로 '너네 나라 말하지 마'만큼은 한 7개 국어쯤 한다. 늘 같은 주제로 웃었고, 지금도 생각하면 피식 웃음이 터진다. 디즈니에서의 생활은 대체적으로 정신이 없었다. 지칠 듯이 더웠고, 정신을 잃을 만큼 황홀했다. 거기서 만난 친구들과 여행을 가고, 일하면서 이런저런 사고도 치고 기억에 남을 일들을 많이 만들었다. 크게 보면 한국에서의 생활과 별반 다르지 않았다. 그래서 또 그 시간이 다시 오기 쉽지 않을 것이라는 것을 잊는다. '마지막'이라는 단어 앞에 섰을 때 얼마나 소중한 시간들이었는지를 알게 되었다. 떠날 날이 정해져 있었는데도 나는 온전히 그 시간을 인지하지 못했다. 담아두기보단 흘러 보내버렸다.

캐리는 내 베스트 프렌드였다. 가장 많은 일상을 공유한 친구였다. 친절하고 따듯했다. 유독 눈이 큰 그 친구를 난 '빅 아이즈'라고 불렀고, 유독 눈이 작은 나를 그 친구는 '스몰 아이즈'라고 불렀다. 떠나는 날, 캐리는 날 업어주기도 하고 뜨겁게 안아주기도 했다. 그리고 캐리는 눈물을 훔치며 내게 말했다.

"우리가 살면서 다시 만날 수 있을까?"

나는 그 물음에 냉큼 대답하지 못했다. 마지막이 되어서야 어쩌면 내 인생에서 다신, 이 친구를 볼 수 없을지도 모른다는 생각이 들었기 때문이다. '내 생에 다시 이 친구들을 만나 거리낌 없이 안을 수 있는 날이 올까? 반갑다고 웃으면서 여기서 보냈던 일상을 다시 공유할 수 있을까?'라는 생각이 들자 말문이 막혔다. 결국 한국으로 돌아와 7년이 흘렀고 아직 단 한 번도 그들을 만나지 못했다. 왜 몰랐을까? 심지어 떠나는 날이 정해져 있음에도 친구들과의 대화가, 식사가, 사소한 일들이 결코 아무것도 아닌 것이 아니라는 것을, 그 평범한 일상들이 아주 특별한 기억이 될 것이라는 것을. 바보같이 마지막을 알면서도 마지막이 되어서야 알았다. 되짚어 우리의 시간을 돌아보면 다양한 이유로 하나같이 특별하기만 했다. 아주 작은 차이도 전혀 다른 의미로 다가왔고, 기억의 편린에 기대어 덧붙여진 팩트를 넘어선 감정들이 거기에 있었다.

우리는 늘 '추억'이라는 이름표를 붙이면서도 추억이 될 오늘을 지루해하고 다를 바가 없다며 그저 그런 하루로 흘려보낸다. 그렇지만 조금 더 크게 보면 그렇지 않다. 평범하기 그지없는 그 순간이 이제 몇 번 남지 않았다는 것을 우리는 아주 간단한 계산으로도 알 수 있다. 사람의 평생을 90년이라고 가정하면, 우리는 총 1,080개월을 살아간다. 그걸 주로 계산하면 약 4,320주, 날로 계산하면 총 32,850일이다.

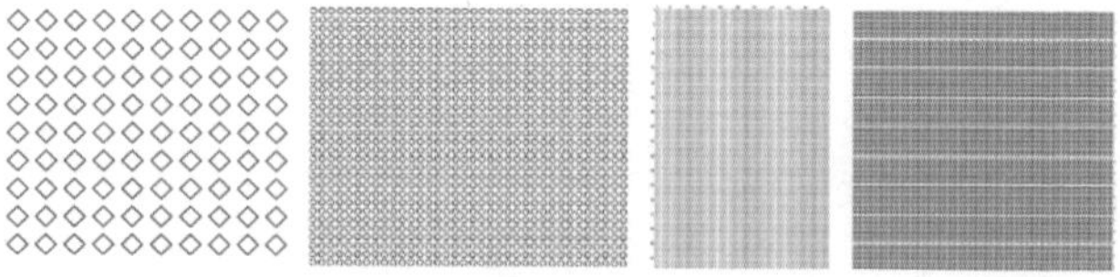

90년 1,080개월 4,320주 32,850일

이렇게 보면 우리는 지겨울 정도로 오랜 시간을 살아간다. 너무나 많고 많은 날이다. 하지만 지금 우리의 나이가 평균 40대라면 평소 일 년에 한 번쯤 바다를 갈테니 이제 우리들이 볼 바다는 50번도 채 남지 않았다. 일 년에 책을 5권 정도 읽는다면, 기껏해야 앞으로 우리가 읽을 수 있는 책은 250권에 불과하고, 해외여행을 2년에 한 번 정도 간다면, 우리가 갈 수 있는 해외여행은 고작 25번이다. 어릴 적에는 대부분의 시간을 부모님과 함께 보냈지만 지금은 1년에 10일 정도 설날과 추석 때 겨우 같이 보내니 부모님과 한집에서 같이 오롯이 시간을 보낼 날이 많지 않다. 부모님이 우리가 60세가 되어도 살아 계신다고 가정한다면, 200일 정도 남은 것이다. 겨우 6~7개월 함께 보낼 시간만이 남은 것이다. 그렇게 보자면 우리들이 고등학생까지 시간을 보내면서 부모님과 함께 있는 시간의 93%를 이미 써버린 것이다. 반대로 부모라면, 아이들과의 시간이 그렇게 많지 않다. 게다가 이 모든 것도 규칙적으로 같은 일들이 벌어진다는 가정 아래에서의 통계다. 아프거나, 바쁜 일이 생기거나 다른 상황이 생기면 이 시간조차도 보장받을 수가 없다. 실제로는 훨씬 더 적은 시간만이 남아있다. 우리는 마지막이 언제 올지 대충 알면서도 곧잘 잊어버린다. 일상이라 말하며 의미를 두지 않는다. 하지만 아무것도 아닌 것은 아무것도 없다. 그래 보이는 것조차 전부 의미 있다.

카페 구석에 앉아 시선을 여기저기 정신없이 두었다. 지나가는 사람들을 바라보았다. 서로만을 바라보는 연인들, 색색의 옷을 입고 만연한 미소를 머금고 재잘거리는 사람들이 거기에 있었다. 누군가는 타 본 적 없는 1000번 버스에 몸을 실는 사람들, 또 거기서 내리는 사람들, 짜증을 내며 인상을 쓰는 사람들까지 너무 다양했다. 사람들의 하루가 어떤지는 알 길이 없지만, 살고 있는 오늘과 내일 그리고 얼마만큼이 모여서 언젠가 추억의 딱지를 붙여 두고 돌아볼 그 사람들만의 시간들이다. 카페 구석에 앉아 시선을 옮기고 있는 나도, 커피를 시켜 마시는 그 사람들도, 또 어딘가를 향해 걸어가는 사람들도, 어느새 찾아온 어둠까지도 그날은 언젠가 하나같이 특별해질 것이다. 그래서 분명 아무것도 아닌데 아무것도 아닌 게 아닌 것처럼 느껴졌다.

맞다. 아무것도 아닐 수 없다. 우리가 살면서 다시 만나지 못할 날들일 테니까.

_19

우리가 맞이하는 밤에, 별은 늘 거기에 있다

어릴 때는 어른이 되고 싶었다. 어른이 되고 나니 다시 어려지고 싶어졌다. 모든 것이 새로웠던 어린 시절의 기억은 기쁨이 가득했지만 모든 것이 비슷해져 버린 지금은 지루함이 덕지덕지 일상에 묻어있다. 시답지 않은 농담도 하루를 풍성하게 만들지 못하고 어긋난 호기심이 나를 무너트리기도 한다. 연습은 허락되지 않고 오로지 실전만이 가득한 삶은 바쁘고 또 지친다. 하루를 둘러볼 사이도 없이 내일을 맞이해야 하고 그러다 보니 정작 보아야 할 것들, 느껴야 할 것들은 놓치고 만다. 나는 그렇게 아무것도 손에 잡지 못하고 다시 어려지고 싶은 어른이 되었다.

어릴 적 내 기억 속에 남아 있는 물건이 있다. 스누피가 그려져 있던 핑크색 베개다. 아이 얼굴 하나 겨우 놓을 수 있는 그 베개를 참 오랫동안 가지고 다녔다. 그게 없으면 잠을 잘 수 없다며 칭얼거렸다. 지금도 선명하게 그 베개가 기억이 난다. 다른 것들도 그랬다. 전부 기억나지 않지만 물건에 이름을 붙여서 부르기도 했고, 물건을 잃어버리면 친구를 잃어버린 것처럼 엉엉 울기도 했다. 그런데 지금은 다르다. 조금만 불편해도 바꾼다. 내가 바꾸고 싶지 않아도 세상이 바꾸게 만들기도 한다. 쉽게 싫증나고 새로운 것은 늘 매력적이다. 내게 남아 있는 것보다 내게서 스쳐 지나가는 것들이 조금씩 많아지면서 물건에 의미를 두는 일이 적어졌다. 나지막이 음미하는 일들이 없어지고, 그저 맛보고 다른 코너를 향해 걸어가는 마트의 시식코너 같은 삶이 나를 지배했다.
한 살 한 살 나이가 드는 동안, 시간 마일리지를 꾹꾹 눌러 담는 동안, 주변에서 사라지는 것들을 가만히 앉아 생각해 보았다. 일 년에 두 번은 꼭 가던 봄 소풍과 가을 소풍이 얼마나 설렜던지를. 소풍 가기 전날, 과자를 가방에 꾹꾹 담아 놓고 내일을 떠올리면 잠이 오지 않았다. 작은 쪽지에 '나 너 좋아해'를 적어 몰래 필통 속에 두고 오거나 가방 속에 던져 넣으며 애타던 마음도 사라졌다. 과학자가 되겠다고 큰소리치며 발

묘하던 꿈 많던 소년도 사라졌고, 밤을 새워가며 끝을 알 수 없는 일에 몰두하던 나도 조금씩 사라졌다. 그와 더불어 온 힘을 다해 응원하고 뛰어다녔던 운동회, 해방이라며 소리쳤지만 막상 할 게 없었던 방학도 사라졌다. 그리고 그것과 함께 때에 맞게 찾아오던 설렘, 작은 일에도 눈에 불꽃을 달고 싸웠던 열정, 조건 없이 빠졌던 순수함, 모든 것을 걸어버리는 사랑, '내가 마음만 먹으면'이라고 말하지만 조금씩 조금씩 사라진 소풍, 방학까지 내 삶에서 옅어졌다. 시간에 밀려서 조금씩 제대로 보고 느끼는 우리가 없어졌다.

'어바웃 타임'이라는 영화에 나오는 주인공은 특정 시간으로 되돌아가 실수를 회복할 수 있는 능력을 가지고 있다. 그는 자신의 사랑을 지키기 위해 과거로의 여행을 떠나기도 하고, 사랑하는 여동생의 인생을 바꿔주기 위해 떠나기도 한다. 또 떠나버린 아버지를 만나기 위해 지나간 시간으로 돌아가기도 한다. 그 영화가 막바지에 이르면서 주인공의 아버지가 주인공의 곁을 떠나기 전 능력의 '두 번째 비밀'이라며 아들에게 말한다.

"아주 평범한 하루를 똑같이 두 번 살아봐."

주인공인 아들은 평범한 일상이었지만, 짜증이 났던 하루를 다시 돌아가 똑같이 살아내고 그 시간 안에 들어 있는 수많은 순간들을 마주하게 된다. 시간에 밀려 보지도 느끼지도 못한 시간들을 오롯이 감당해낸다. 그리고 그 안에서 자신이 잃어버렸던 혹은 다르게 받아들일 수 있는 순간들을 새롭게 받아들인다. 힘들었던 하루가 기분 좋은 하루가 되는 데는 큰 힘이 필요하지 않았다. 그리고 그게 아버지가 아들에게 준 진짜 능력이었다.

어느새 어른이 된 우리는 아무 이유 없이 우울해지는 것 같지만 그렇지 않다. 우리는 우울할 수밖에 없는 삶을 살아가고 있다. 시간의 빠른 흐름 속에 몸을 놓고 어제가 오늘 같고 오늘이 내일 같은 삶에 휘둘리고 있다. 보아야 할 것들을 보지 못하고, 남겨야 할 것들을 쌓지 못한다. 오늘 혼자 밥을 먹어 외로웠던 아내의 표정을 놓친다. 하루 종일 상사에게 시달려 그만두고 싶지만 아내 얼굴을 보고 아이들의 얼굴을 보며 꾹 참고 힘내어 웃는 남편의 얼굴을 보지 못한다. 말도 안 되는 그림을 그려놓고 엄마에게 보여주고 싶어 하는 아이들의 초롱초롱한 눈빛도 놓친다. 등교와 출근 준비에 바빠 애써 차려 놓은 아침 식탁을 지나치는 식구들은 안타까워하는 엄마의 모습을 보지 못한다. 모두가 잠든 밤에 몸을 이끌고 돌아와 겨우 몸을 잠자리에 눕히면서도 '싱긋'웃는 아버지의 책임감도 보지 못한다. 그렇게 스쳐 지나간 모든 모습들이 사실은 행복인데, 보지 못하고 깨닫지 못하다가 어느새 마음의 둑이 무너지면서 넘쳐흐르는 물속에 스스로를 빠트린다. 뻔히 보면서도 빠진다.

출근시간에 마음이 급해지면 분명 잘 놔둔 자동차 키도 보이지 않고, 늘 달고 살던 휴대폰도 보이지 않는다. 뻔히 보이는 장소에 있는데도 보지 못하고 한참을 뒤적거린다. 안경을 멀쩡히 쓴 채로 안경을 찾거나 휴대폰을 가방에 잘 모셔두고도 엄한 곳을 찾아 헤맨다. 하루를 채우는 수많은 일상에서 삶의 소중한 것들을 한참이나 뒤적거리며 찾아 헤매다 우울해지지만, 사실은 늘 우리 곁에 있다. 스쳐 지나가지 말고 보았다고 생각했던 일들을 조금 더 자세히 소중히 봐야 한다. 거기에 늘 삶의 '진짜'가 우리를 기다리고 있다. 내가 그토록 어려지고 싶어 하는 이유는 그때에 나에게 소중한 일들이 너무 많았기 때문은 아닐까 싶다. 조금이라도 어려지면 그런 소중한 일들을 다시 놓치지 않을 수 있지 않을까 하는 갈망 때문은 아닐까.

하지만 지금도 늦지 않았다. 우리가 매일 맞이하는 밤에, 별은 늘 거기에 있는 것처럼.

아주 평범한 하루를
두 번 살아봐

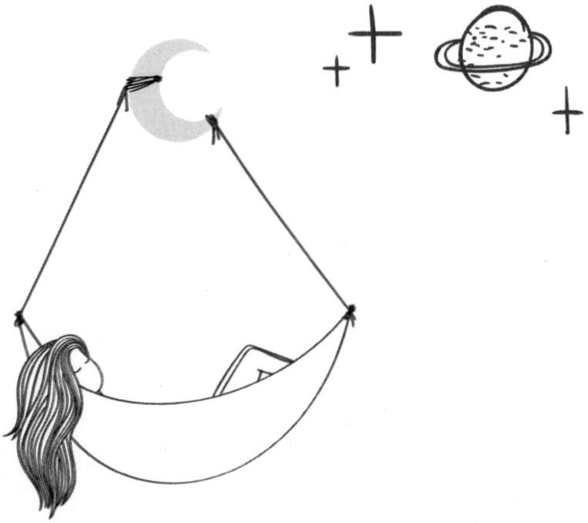

_20

나는 자주 눈먼 잉어가 되었다

몇 개쯤 먹어 봤을까? 죽을 때까지 다이어트를 해야 하는 저주받은 몸을 지닌 나는, 누군가 조금 좋다는 다이어트 식품들은 죄다 사다 먹곤 했다. 가르시니아, CLA 기타 등등 '먹으면 살 안 쪄요, 먹으면 살 빠져요'라는 슬로건을 단 대부분의 다이어트 식품들이 나를 거쳐 지나갔었다. 분명히 나는 다이어트를 해야 하는데, 어쩌다 보니 다이어트를 하기 위해 많은 것을 먹는 상황이 되어 있었다. 결과라도 좋았다면 다행이지만, 그렇게 뱃속으로 들어가는 모든 다이어트 식품들은 그저 배 안에서 또 다른 소화의 대상이 되어 사라졌다. 먹고 찌운 살을 다시 먹고 뺀다는 이상한 커리큘럼에 갇히게 되었다.

'혹시나'했다. 이번 식품은 댓글이 확실했다. 이것을 먹고 살을 뺐다는 사람들의 후기가 너무 적나라해서 믿을 수밖에 없었다. 아직 장바구니에 담지도 않았는데 입술 근육이 실룩대기 시작했다. 내가 여기에 달려있는 수많은 댓글의 주인공이 되는 것을 의심치 않았다. '이것만 먹으면, 꾸준히 먹으면 나도 드디어 찐 살을 뺄 수 있겠지?'라고 생각했다. 나의 의지와 상관없이 벌써 장바구니에 담았고 과감하게 결제했다.

'역시나'였다. 이번 식품도 사기 당했다. 이것을 먹고 살을 뺐다는 인간들을 찾아가고 싶었다. 너무 실감나는 거짓말이라 믿을 수밖에 없었다. 아직 이 약은 반도 먹지 않아서 집에 있는 약 바구니에 고스란히 담겨 있다. 달려있는 수많은 댓글의 주인공들이 의심되기 시작했다. 어디서부터가 마케팅인지 궁금해지기 시작했고, 정말 이들이 이 다이어트 식품만 먹었을까 의심스러웠다. '설마 굶은 건 아닐까, 아니면 하루에 2시간씩 달리면서 이 식품을 먹은 것은 아닐까'생각했다. 부질없다. 결국 살은 안 빠진다.

나는 다이어트에 있어서만큼은 '혹시나'와 '역시나'를 무한 반복하고 있었다. 혹시나 해서 담아 놓은 수많은 장바구니의 다이어트 식품들이 어느 순간 시간이 지나면 우리 집 약 바구니 안에서 '역시나'를 외치고 있다. 이쯤 되면 나는 눈먼 잉어나

다름없다. 어쩜 그렇게 매번 낚이는지. 그리고 우리나라 다이어트 식품 업계는 전부 강태공이 틀림없다. 작은 '혹시나' 곁에는 언제나 큰 '역시나'가 따라다닌다. 실패하고 절망하고 넘어지고 다친다. 가벼운 마음으로 시작했든, 무거운 마음으로 시작했든 그건 중요하지 않다. 로또를 사면서 이번에는 '혹시나', 입사원서를 쓰면서 이번에는 '혹시나', 맛집을 돌아다니며 이번에는 '혹시나', 열심히 준비한 시험을 치르고 '혹시나' 간절한 만큼 늘 따라다니고, 간절한 만큼 '역시나'가 배신처럼 다가온다.

그렇다고 모든 '혹시나'와 '역시나'에 뒤에 다시 '혹시나'가 오는 것은 아니다. 100번의 '혹시나' 뒤에 99번의 '역시나'가 따라다닌다. 그리고 우리는 겨우 '혹시나'를 거쳐 '역시나'를 지나 그러니까 100번에 한 번쯤 '그러나'를 만나게 된다. 그리고 그 '그러나' 뒤에 있는 달콤함을 알게 된다. '그러나'뒤에 우리는 언제나 스몰 사이즈고, '그러나'뒤에 우리는 언제나 웃고 있다. '그러나'뒤에 우리는 누군가의 존경의 대상이고, '그러나'뒤에 우리는 언제나 성공의 아이콘이다. 사실은 눈먼 잉어라 100번의 '혹시나'가 가능해지고, '역시나'를 견뎌내는지도 모른다.

우리는 생각보다 많은 '그러나'를 만나 이 세상을 살아가고 있다.

눈먼 잉어의 승리다.

_21

우리 사이나, 남의 사이나

헐레벌떡 기차에 뛰어올랐다. 금요일 저녁 서울에서 집으로 내려오는 기차는 늘 매진 행렬이고, 겨우겨우 잡은 기차의 출발 시간은 늘 촉박하기만 했다. 지하철 문이 열리고, 역으로 뛰어 올라가 기차를 타는 일은 숨이 막힐 만큼 치열한 레이스다. 그렇게 가까스로 기차에 올라타면 나처럼 숨을 고르는 사람이 나뿐만은 아니다. "죄송합니다. 죄송합니다"하며 자리를 찾아 앉았다. 시선을 여기저기 던지지만 누군가와 마주치지 못했다. 그저 허공에 머문다. 한 칸에 수십 명이 다닥다닥 앉아, 지치고 노곤했던 한 주를 마무리한다. 저마다의 목적지를 가진 채 좁은 나만의 자리에 몸을 앉힌다. 안도감도 잠시, 그

좁은 공간 안에서 사람들의 기침소리, 지나치게 큰 통화소리, 끼니때를 놓쳐 밥을 먹는 소리와 냄새, 쉴 새 없이 열고 닫히는 기차의 통로 문, 아이들의 울음소리와 떠드는 소리까지…. 지친 몸을 뉘어 잠에 빠지면 신경 쓰이지 않는 날도 있지만, 어떤 날은 그 작은 소리가 너무나 가깝게 들려서 짜증이 밀려오기도 했다. 한 번씩은 중간에 하나뿐인 팔걸이를 차지하기 위해 소리 없는 전쟁까지 치렀고, 그러고 나면 그나마 남아 있던 에너지까지 싹싹 긁어 전부 빠져나가 버리는 느낌이다.

사람이 편안함을 느끼는 공간적 거리는 다양하다. 누군가는 그것이 30센티미터이고, 누군가는 1미터이며, 누군가는 2미터다. 물리적 거리를 넘어선 심리적 거리도 다양하다. 이것까지는 알아도 되지만 이 이상은 몰랐으면 좋겠다는 마음, 이 정도는 관여해도 괜찮지만 더 이상은 관심이 아니라 감시로 느껴지는 지점이 있다. 팔 끝이 닿는 게 싫어 영화관이 싫은 사람이 있고, 사람을 만나면 껴안고 볼을 비비는 사람도 있다. 그래야 사랑받는다고 느끼고, 그래야 사랑한다고 느낀다. 하지만 가끔 이 계산 없는 서로 간의 거리가 서로를 해치거나 지치게 만든다.

내가 아는 한 선배는 좋은 얼굴을 한 사람이었다. 늘 웃고 다녔고 처음 보는 사람에게 쉽게 호감을 얻곤 했다. 특히 선배들에게 사랑을 독차지해 승진도 빨랐다. 그를 처음 보았을 때

회사에서 인정받는 인재라고 생각했나. 나는 그에게서 일을 배웠고, 많은 일들을 함께하게 되었다. 친해졌고 가까워졌다. 그런데 시간이 지나면 지날수록 선배와 함께 일하는 것이 힘들어졌다. 대화를 나누면 지쳤고, 뭔가 잘못되어 가고 있다는 생각이 들었다. 그런 생각의 시작은 아주 작은 그의 부탁들이 늘어나면서부터였다.

"커피 타는 김에 내 것도 한잔 부탁해."

"어차피 가는 길이니까 이것도 좀 버려줘."

"이거 내가 거의 마무리했는데, 조금만 완성 지어서 다시 좀 넘겨줘."

시간이 지나면서 그 부탁의 크기가 조금씩 커졌고, 그 선배는 부탁하는 것에 스스럼이 없었다. 나뿐만 아니라 모든 사람들에게 많은 부탁을 했고, 사람들은 그의 부탁을 거절하지 못했다. 그것이 버거워진 사람들은 조금씩 선배를 피하기 시작했다. 행여나 타이밍을 맞추지 못해 그에게 직접적으로 거절을 할 때면 선배는 '우리 사이'를 거들먹거렸다. 마치 도와주지 않으면 나쁜 사람이 되는 것처럼, 관계를 소중히 하지 않는 사람인 것처럼, 버릇없고 자신을 무시하는 사람으로 만들어 버렸다. 자신이 부탁한 일이 끝나지 않아 야근으로 이어져도 미안한 기색이 없었다. 그런 일이 점점 빈번해지면서 나는 지치기 시작했고 결국 화를 내버렸다.

"선배님, 이건 좀 너무하지 않습니까?"

"뭐가 너무해? 내가 부탁했잖아."

"네, 부탁하셨죠. 그런데 늘 부탁만 하시지 않습니까?"

"아니, 선배로서 후배한테 부탁하는 건데 그게 그렇게 못마땅해?"

"못마땅한 게 아니라, 저도 제가 해야 할 일이 있지 않습니까? 이건 선배님 일이니 선배님이 하셔야죠."

"아, 우리 사이에 이것도 못해준다 이거지? 실망이네. 우리 사이가 겨우 이 정도 사이였다 이거지?"

"그게 아니잖습니까!"

대화는 얼마 이어지지 못했다. 맞다. 선배랑 친했다. 작고 큰 일을 나누고 이야기할 만큼 가까웠다. 하지만 이건 전혀 다른 문제다. 가깝다고, 친하다고 해서 모든 것을 내가 감수할 수는 없었다. '우리 사이'라는 말은 가끔 사람을 질리게 만들었다.

영화관이나 식당처럼 서비스가 이루어지는 곳에서 가끔 이렇게 쓰인 입간판을 만난다.

"당신 앞에 있는 이 사람은 누군가의 '귀한 자식'입니다."

소위 '우리 사이' 아닌 ' 남의 사이'에게 함부로 대하는 사람들에게 주는 일종의 메시지다. 함부로 하지 말라는 것이다. 오늘 보고 다시 안 볼 사이일지 모르지만, 누군가에게 사랑받는 귀한 존재이니 기본적으로 '예의'라는 기본 거리를 지켜달라는 말이다. 나는 이런 메시지를 볼 때, 한편으로는 고개를 끄덕이면서도 한편으로는 씁쓸하다. 상대방의 입장에서 그 거리를 고려해 보지 않고 내 입장에서만 이 거리가 적당하다고 종종 믿음으로 인해 벌어진 일이 얼마나 많으면 이런 입간판이 서 있을까 싶어서다. 서로가 서로를 지키는 방법은 의외로 간단하다. 서로 간의 거리에 서로가 조금씩 부담스러우면 된다. 다르게 말하면 상대방을 소중히 여기면 된다. 서로를 위한 물리적, 정신적, 기본적 거리는 사실 내가 누군가에게 받고 싶은 거리와 늘 유사하다.

너무 가까워도 문제고, 너무 멀어도 문제다. 너무 가까워도 보이지 않고, 너무 멀어도 보이지 않는다. 사랑하는 사람의 눈, 코, 입이 보이려면, 내 아들딸의 표정을 보려면, 아끼는 사람들의 목소리를 들으려면 우리는 그들에게서 적당한 거리를 유지해야 한다. 사랑한다는 이름으로 서로를 감수시키고, 관심이 아닌 감시로 대하고, 존중받고 싶은 거리를 무시하면 사랑이란 이름으로, 배려라는 이름으로 상대를 찌르게 된다. "이게 다 너를 위해서 하는 말인데"라는 말을 할 때 우리는 꼭 조심해야 할 필요가 있다. '어차피 다시 안 볼 사이인데'라는 생각은 누군가에게 소중한 한 사람을 불안하게 만들거나 아프게 만들 수 있다.

내 아이, 내 남편, 내 아내, 내가 사랑하는 모든 이에게 너무 가까워져 있는 우리의 모습, 우리가 잘 모르는 사람에게 너무 멀어져 있는 우리의 모습, 아이러니하게도 '누구 집 귀한 자식'이라는 팻말 하나에 상대방에게 예의를 지키는 거리를 만들면서도 집에 가서 진짜 내 사람에겐 조금 더 쉽게 나오는 우리의 말과 행동, 가까운 사람에겐 감수하라 하고, 먼 사람에겐 기본적인 일조차 감수하고 싶지 않은 마음들을 조금씩 들여다보았으면 좋겠다.

주차장에 빼곡히 주차되어 있는 차의 문이 열리려면 주차 간격을 잘 지켜야 되듯이, 사람과 사람 사이가 열리려면 먼 것은 조금 가깝게, 가까운 것은 조금 멀게, 우리 사이나, 남의 사이나 적당한 거리가 필요하다.

_22

온기가 있는 생명은 우리에게 의지가 되기 마련이다

불현듯 학교 앞에서 한 마리에 200원씩 팔았던 병아리들이 기억난다. 아저씨들이 박스에 담아 파는 작은 병아리를 보면 나는 그냥 지나칠 수 없어 한 마리 혹은 두 마리를 꼭 집에 데려오곤 했다. 이번에는 닭으로 키워보겠다는 큰 포부를 가지고서 라면 박스를 구해다가 신문지를 깔고, 넓은 뚜껑을 찾아 모이와 물을 따라 두었다. 방울만한 병아리들이 울어대는 소리가 얼마나 크던지, 귀에서 삐약삐약 환청이 들릴 정도였다. 아버지는 또 병아리를 데려왔냐며 나무랐고 엄마는 잘 키워보라고 했지만, 하루 이틀쯤 삐약삐약 소리가 진동을 하다가, 3일쯤 지날 때 더 이상 삐약거리는 소리를 들을 수 없었다. 늘 아련한 마음으로 데려왔던 병아리는 내가 정도 주기 전에 그렇게 죽어버렸다. 어린 마음에 몇 번이나 훌쩍거리면서 그 병아리를 묻어주었는데도, 또 그 병아리 아저씨가 박스 속 가득 담아온 병아리를 볼 때면 아무 생각 없이 집으로 데려와 모이와 물을 먹였다.

나이가 들면서는 한 번쯤 대부분의 사람들이 소망하는 반려동물을 키우고 싶었다. 그렇게 쉽게 내 곁을 떠나는 동물이 아니라, 이름을 지어주고 일생에 일부를 같이할 동물을 키우고 싶었다. 하지만 아버지, 어머니의 강한 반대로 인해 이루지 못했다. 어른이 된 지금도 강아지를 키우고 싶다는 생각은 곧잘 했지만 선뜻 행동하지 못했다. 마음만 먹으면 얼마든지 키울 수 있겠지만 그 결정을 내릴 수가 없었다.

'강아지 한 마리가 집에 들어오면 밥은 누가 매일 챙겨주지? 누가 씻겨주지? 내가 출장 갈 때는 누가 봐주지?'

키우고 싶다는 생각 뒤에 키우지 말아야 할 이유들이 줄지어 늘어졌다. 어떤 방식으로든 나의 행복을 위해 강아지의 불행을 초래하는 것 같아 선뜻 행동하지 못했고 그래서 지금까지 강아지를 키우지 못하고 있다. 한 번씩 아주 듬직한 개를 보거나 아주 앙증맞은 강아지를 볼 때면 '한번 도전해 볼까?'하다가도 이내 고개를 절레절레 흔들었다. 책임질 수 없는 행동은 함부로 하는 게 아니라는 생각 때문이었다.

유일하게 오랜 시간 동안 '키웠던'거북이들이 있었다. 꽤 정성을 들여 보살폈다. 초록색 피부의 앞발을 쉴 새 없이 흔들며 헤엄을 치고, 툭하면 작은 돌 위에 올라와 목을 쭉 빼고 나를 바라보던 귀여운 녀석들이었다. 거북이들을 위해 남부럽지 않은 환경을 조성해 주었고, 물도 자주 갈아 주었다. 먹이도 때를 지켜 꾸준히 주었고, 혼자는 외로울 것 같아 두 마리를 함께 키웠다. 나와 가장 시간을 오래 보낸 생명체였고 '긴이, 숙이'라는 이름도 붙여주었다. 그런데 자고 일어난 어느 날, 수조에 얌전히 두 눈을 껌뻑이며 입을 뻐끔뻐끔하고 있어야 할 긴이와 숙이가 보이질 않았다. 꿈을 꾸는 것 같았다. 수조 속에 있어야 할 이 녀석들이 어디 갔는지 도대체 알 수가 없었다. 그저 추측으로 야밤에 둘이 합심하여 어항을 빠져나갔다는 것 말고는 알 길이 없었다. 온 집을 다 헤집고 다녔지만, 결국 찾지 못했다. 그리고 한참 시간이 지나, 긴이와 숙이는 침대 밑에서 발견되었다. 온몸이 바짝 마른 거북이들을 보면서 또 한참을 울었다.

온기가 있는 생명을 집으로 들인다는 일은 보통일이 아니다. 예기치 못한 상황에 언제나 대응할 수 있어야 하고, 한 생명에 대한 책임을 온전히 질 수 있는 용기가 있어야 한다. 그래서 반려동물을 키우는 사람들에 대해 깊이 생각하게 된다. 동물을 가족으로 생각하고 애정과 사소함까지 함께하는 용기와 더불어, 그로 인해 벌어지는 모든 작고 큰일에 대한 책임감을 오롯이 감당하는 일은 결코 쉽지 않을 것이다.

하지만 지금도 나는 온기가 있는 생명체를 집으로 들이는 일에 용기를 내고 싶다. 나라는 작은 존재가 어떤 존재에 대한 책임을 지는 일이 어떤 면에서는 축복이 될 수 있다고 믿기 때문이다. 그리고 그 책임을 온전히 견뎌낼 수 있다면 그들에게 의지하는 나를 만날 수 있다. 책임 끝에 작고 예쁜 식물들이 꽃을 피우는 순간을 맞이한 사람들은 생명의 가치를 또 한 번 깨닫는다. 늦게 들어온 우리에게 꼬리를 흔드는 강아지를 보며 하루 종일 받았던 스트레스를 털어내기도 한다. 온기가 있는 생명은 어떤 행동을 굳이 하지 않아도, 어느 한 자리를 지켜주고 있다는 이유만으로도 우리의 삶에 의지가 된다. 우리도 그 기쁨을 누려볼 수 있다. 온기가 있는 모든 생명은 우리에게 의지가 되기 마련이다.

그나저나 얼마 전에 올리브 나무가 우리 집으로 왔다. 재는 어떻게 해야 하지?

한 자리를 지켜주고 있다는
이유만으로도 삶의 의지가 된다

_23

세상은 생각보다 쉽다

이루고 싶은 모든 일이 쉽게 이루어지지 않았다. 세상에 쉬운 일이 하나도 없었다. 작은 것 하나도 내 마음대로 되는 것이 없었고, 마음먹고 시작한 다양한 결심들은 대부분 파도 앞에 순식간에 사라지는 모래성이었다. 꿈을 향해 끊임없이 달려가지만, 언제나 내가 달려가는 만큼 멀리 달아났다. 회사 내에서의 승진이나 인생의 성공은 접어두고서라도, 꼭 한 번 부모님께 사드리고 싶은 좋은 구두, 좋은 옷, 한 번쯤 꼭 도전해보고 싶은 스카이다이빙, 그동안 미루어 두었던 가족끼리의 화려한 식사나 여행, 너무 가지고 싶은 차, 꿈의 바구니에 담아만 둔 이룰 수 없는 꿈들이 조금씩 늘어나고 있었다. 많은 것을 희망하고 바라고 있지만, 살 이루어지지 않았다. 하나 같이 쉽지 않았다.

그동안 미루고 미루어 두었던 친구들과의 여행이 드디어 결정되었다. 어릴 적엔 툭하면 소풍과 운동회, 그리고 수학여행까지 같이할 시간이 많아서 이야기할 추억거리가 차곡차곡 쌓였는데 나이가 들면서 그놈의 여행 한번 가기가 참 어렵다. 그렇게 겨우 잡은 여행은 나를 포함한 친구들 모두를 설레게 만들었다. 반은 취업을 하고, 반은 취업을 못한 상황이었고, 우리의 여행경비가 그렇게 넉넉하지 못한 반면 하고 싶은 것은 많았다. 무엇보다도 이번 여행에서 우리의 목적은 바로 '회'였다. 그것도 바다가 광활하게 펼쳐진 부산에서 바다를 바라보며, 지나간 시간을 회상하며 즐기는 것이 목표였다. 하지만 이번에도 쉬운 것은 없었다. 회는 생각보다 '시가'를 따져야 할 만큼 비쌌고, 바다가 광활하게 보이는 장소도 비쌌다. 또 가는 거리마다 왜 그렇게 멀고 기차표 값은 또 왜 그렇게 비싼지. 결국 렌트를 해서 교대로 운전을 해가며 부산에 가기로 마음먹었다. 부산만 가면 그동안의 모든 스트레스가 사라지고, 그토록 원하던 회를 배부르게 먹으리라! 이거 하나만 가슴속에 새기며 1박 2일의 짧고도 긴 여정을 시작했다.

서울에서 부산은 체감적으로 멀어도 너무 멀었다. 출발한 지

얼마 되지 않아 친구들 중 한둘은 이미 차멀미를 시작했고, 회를 먹는다는 생각보다 가는 길이 너무 멀어서 지치기 시작했다. 한 친구가 “이럴 바엔 그냥 노량진 수산시장을 가는 편이 나았을 것 같다”는 의견을 표명했고 그로 인해 짜증이 나기 시작했다. 괜한 짓을 벌여서 몸도 마음도 게다가 돈도 버리게 생겼다는 생각이 들었다. 슬슬 배도 고파왔다. 맛있는 회를 먹기 위해 경비 절감을 실행했기에 휴게소에 들러 간식을 양껏 사 먹는 것은 부담스러웠다. 예산을 아끼고 아껴 딱 맞춰와 그럴 여유가 거의 없었다. 하지만 “핫바 딱 하나만 먹자”는 친구의 말에 정말 딱 하나만 산 핫바에서 모든 것이 시작되었다.

2,500원을 주고 사온 핫바는 먹음직스러웠다. 모락모락 김이 피어오르는 모습에 일동 침을 꿀떡 삼켰다. 하필 점심시간이 지나고 있는 찰나여서 모두 허기져 있었다. 애초에 의도는 ‘한 입씩 맛있게 먹자’였지만, 한 입씩으로는 도저히 맛있다고 느낄 수가 없는 상황이었다. 결국 사람 수를 줄이기 위해 편을 가르고 가위바위보로 이긴 팀이 핫바를 먼저 먹기로 결정했다. 그렇게 되고 보니 서로 눈치를 살피며 무엇을 낼지 수싸움이 시작됐다. 한 친구의 눈빛에서는 주먹이 보이고, 한 친구의 눈빛에서는 보자기가 보였다. 나는 이쪽 친구로 편승할 것

이냐, 아니면 저쪽 친구로 편승할 것이냐를 두고 순간 고민하다가 남자는 주먹이라는 생각에 주먹을 냈지만 결국 보자기를 낸 친구가 이겼다. 숨 막히는 한판이 끝나고 승자는 느긋하게 세상을 다 가진 눈빛으로 핫바를 한 입 베어 물었다. 유난히 입이 큰 그 친구는 뒷사람을 생각하지 않고, 목젖이 닿도록 핫바를 입으로 밀어 넣어 무려 반을 먹어버렸다. 친구들의 야유가 쏟아졌고, 인간의 본질적 양심과 친구로서의 의리, 성격, 기질, 모든 걸 탓하고 비난했지만 승자의 눈빛은 여유로웠다. 그다음으로 이긴 친구에게 나머지 핫바가 넘어가고 3번째, 4번째 그리고 5번째인 나는 숨죽여 핫바를 쳐다보았다. 핫바는 2번째 친구의 입 속에서 그 의무와 책임을 다한 채, 상스러운 나무 작대기만을 남기며 우리를 비웃었다. 야속한 마음에 "아이씨"를 연발했지만 달라질 건 없었고, 우리는 차에 오르며 신경질적인 말을 내뱉었다.

"야, 빨리 타! 다음 휴게소로 가자."

다음 휴게소에서 산 두 번째 간식은 맥반석 오징어. 맥반석 오징어는 일단 기본적으로 말랑말랑하고 막 구어 내온 따뜻함이 오래간다. 종이봉투에 오징어와 함께 넣어주는 작은 태양초 고추장은 오징어의 감칠맛을 더하고, 몸통은 몸통대로 부드럽고 다리는 다리대로 쫄깃하다. 이번 룰은 간단하다. 동전 던지기 게임을 통해 원하는 만큼 찢어가는 것이었다. 기준선을 정해놓고 백 원짜리를 던져서 그 기준선에 가장 가까운 사람부터 1등을 정하는 방식이었다. 우리는 모두 백 원짜리 동전을 던지는 것에 온 신경을 집중했다. '손가락으로 어떻게 동전을 쥘 것인가, 어떻게 던지거나 굴릴 것인가, 힘의 세기는 어느 정도로 줄 것인가'를 고민했다. 모든 것이 예측 불허였고, 그저 믿을 수 있는 건 하나님과 내 손가락과 손목 스냅뿐이었다.

내기는 시작되었다. 그런데 아까 이긴 놈이 또 1등을 했다. 우리는 양심을 거론했지만 그 자식이 몸통의 2분의 1을 찢어 한 번에 태양초 고추장을 반 정도 찍어서 입 속에 넣어버렸다. 우리는 무기력해짐과 동시에, 침묵의 인디언 밥을 시작했다. 아무리 게임이라지만 너무 괘씸했다. 등짝이 시뻘게지도록 얻어맞은 1등 한 친구는 아픈데도 실실 웃었다. 결국 나머지 친구들은 등수를 따지지 않고 조금씩 나눠먹는 의리를 택했다. 과자 한 봉지를 이기는 사람이 한 주먹씩, 뜨거운 호두과자를 두 손가락으로만 먹기 등등 우리는 지나는 휴게소마다 멈춰서 한 개의 간식을 사놓고 치열한 공방전을 벌였다. 치열했던 만큼 배꼽 빠지는 상황이 연출되었고, 머릿속에 '회'는 사라진 지 오래였다. 우리는 당장 다음 휴게소에서 무엇을 어떤 내기로 먹을 것인가 고민했다. 물론 부산에 도착해서도 기다리고 기다리던 회를 먹었다. 꿀맛이었다. 하지만, 여행이 끝나고 난 후 우리 머릿속에 남아 있는 것은 회가 아니라 휴게소에서 사 먹은 간식들이었다. 언제나 먹을 수 있는 것들이었고 뛰어난 풍경도 없었지만, 그렇게 비교적 쉽게 우리 손으로 얻을 수 있었던 그 음식들이 우리를 더 즐겁게 했다. 그저 회만 바라보며 부산에 갔다면 그 멀고 먼 길이 고역이었을 것이다.

인생이라는 우리의 긴 여정에도 조금 만만한 꿈들이 필요하다. 세상에는 쉬운 일도 있다. 세세한 계획, 어떤 희생과 노력으로 인해 이루어지는 것들 말고도 말이다. 조금 편하고 쉬운 만만한 꿈들이 우리 주변에 많고 그것을 이루다 보면 세상이 조금 더 즐거워진다. 어느 순간 작은 여행에서부터 인생의 여정까지 우리는 너무 큰 꿈만 바라보며 살아가고 있다. 이루지 못하면 세상의 루저가 되는 것처럼 여긴다. 지금의 많은 시간을 그것을 위한 희생으로, 또 꼭 필요한 의미로 해석하면서 흘려보낸다. 하지만 지금 당장 우리에게 필요한 것은 쉽고 만만한 꿈이다. 그래야 살아갈만한 세상이 펼쳐진다. 어렵고 힘든 과정을 거쳐 이룬 것만이 가치가 있는 것은 아니다. 세상에는 쉬운 일도 많고, 쉬운 일이 오히려 더 많은 즐거움을 준다.

어쩌면 세상은 생각보다 쉬울 수 있다.

_24

울타리는 우리가 친다

나는 수학에 자질이 없었다. 지금도 수학의 바이블이라 불리는 작고 두꺼운 『수학의 정석』은 내게 참 난해하고 어려운 책이었다. 집합에서 시작해 수열을 거쳐 함수에 이르는 일련의 과정은, 심심찮게 나와 학업 사이를 더욱 서먹하게 만들었다. 어쩔 수 없이 학교 진도에 맞춰 또는 이런저런 진도에 맞춰 배우긴 했지만, 내 머릿속에 '이걸 도대체 어디다 써먹지?'라는 의문과 함께 더욱 본질적으로 '이딴 건 누가 정리해 놔서 내가 이 고생이야?'하는 분노가 치밀었다. 시간을 들여 공부하면서 갖은 애를 다 쓰고 난 후에도 쓸모가 없었다. 점수는 언제나 나를 좌절시켰다. 객관식은 그럭저럭 대입을 해서라도 풀어나갈 수 있었지만, 주관식은 0을 쓸 것인가 1을 쓸 것인가 -1을 쓸 것인가를 두고 쓸데없이 고민해야 했다. 그러고 보니 제대로 풀어본 적이 별로 없다. 그 기간 내내 나는 수학이 어려웠는데 지금 생각해보면 내가 수학이 어려워서 못한다고 생각하게 된 건지, 수학을 못한다고 생각해서 어려워진 건지 알 수 없다. 그러니까 정말 어려워서 못하게 된 걸까? 못한다고 생각해서 어려워진 걸까?

세상일에서 '이것'이 애매해지면 많은 것이 어려워지거나 못하게 된다. 곰곰이 앉아 내가 못하는 것들을 떠올려 보았다. 나는 어렸을 적부터 운동을 잘하지 못했다. 온갖 똥폼 다 잡으며 '왼손은 거들뿐, 왼손은 거들뿐' 마음속에 새기며 레이업 슛을 시도했지만 언제나 노골이었다. 시대를 풍미했던 게임인 스타크래프트도 종족과 상관없이 손이 느려 터져서 게임을 시작하면 뭔가를 해보기도 전에 초반 공격을 당해 자원도 뺏기고 일꾼도 죽었다. 학업에서는 수학을 못했으니 과학은 더 어려워서 못했다. 대학생 시절 공부가 아니라면 술뿐인데, 나는 술도 잘 마시지 못했다. 그래서 친구들과 잘 어울리지 못했다. 술을 못 마신다는 핀잔을 듣기 싫었기에 자리를 자주 피했다. 몸에 받지 않는 술을 마셔가며 어울리는 일은 곤혹스러웠다. 그런데 지금 곰곰이 생각해보면, 슛을 못하면 패스나

블로킹으로 농구를 했으면 됐다. 초반 공격을 당해 늘 지던 게임이라면 초반 공격이 의미 없는 게임을 했어도 됐었다. 술을 못 마시면 콜라를 마시면서라도 분위기에 어울렸으면 됐을 일이다. 정말 어려워서 못한 걸까? 아니면 못한다고 생각해서 어려워진 걸까?

머릿속의 울타리는 생각보다 높고 단단하고 두꺼웠다. 내가 못하는 일에 대한 울타리를 언제나 다른 누구도 아닌 내가 스스로 치고 있었다. 나를 보호하기 위한 수단이 아니라, 밖으로 나가지 않기 위한 핑계를 만들기 위해 하나씩 하나씩 쌓아 올렸다. 눈앞에 보이는 울타리라면 두 손에 힘주고 도움닫기를 하든, 뒤에서 뛰어와 가속력의 도움을 받든 해서 훌쩍 뛰어넘으면 되지만, 머릿속 울타리는 그렇게 쉽게 훌쩍 뛰어넘어지지 않았다. 순간순간 둘러친 울타리를 평생 가져간다. 심지어 어른이 되어서도 칠 필요조차 없는 울타리를 계속 만들어가는 경우도 많다. 나의 공통수학책은 언제나 집합 단원만 새까맣게 변했는데 그래서 수열과 함수는 내겐 늘 백지와도 같은 영역이었다. 대변이라도 하듯 공통수학책의 손때는 집합을 넘어서지 못했다. 그게 내 수학의 새까만 울타리였다. 나는 지금도 스스로 수학을 못하는 사람이라고 생각한다.

영화 '치킨런'에서 주인공 진저는 다른 암탉들에게 끊임없이 울타리 밖으로 나가자고 이야기한다. 하지만 진저가 아닌 다른 암탉들은 포기한다. "그냥 여기에 있자. 저 울타리를 넘는 일은 너무나 어려운 일이야"라며 말이다. 그때 진저는 암탉들을 보고 이렇게 이야기한다. "네 문제가 뭔지 알아? 이 양계장 울타리는 네 눈앞에 있는 것이 아니라, 네 머릿속에 있다는 거야!"

맞다. 누구도 내게 수학은 어렵다고 이야기하지 않았다. 내가 어렵다고 생각했다. 못해서든, 어려워서든 그건 내 판단이었다. 울타리는 우리가 친다.

_25

엄마의 눈물은 땅으로 떨어지지 않는다

그날도 결국 엄마에게 대들다가 쫓겨났다. 집 밖으로 쫓겨난 나란 아들은 엄마에게 잘못했다며, 용서해 달라며 우는 아이가 아니었다. 끝까지 소리를 치며 내가 잘못한 건 없다고 우기는 아이였고, 집 밖으로 팬티 한 장 달랑 걸친 채 쫓겨나도 당당한 아들이었다. 나는 쫓겨나고 난 후면 곧장 아파트 지하 분리수거장으로 내려갔다. 거기에 가면 사람들이 차곡차곡 쌓아놓은 박스가 있었고, 윗집 아저씨나 아랫집 아저씨가 내놓은 헐어서 더 이상 안 입는 옷들이 가득했다. 나는 헌 옷을 주섬주섬 주워 입고, 박스 몇 개를 질질 끌고 올라와 집 앞에 두 장은 깔고 한 장은 이불 삼아 엄마가 집 문을 열어줄 때까지 잠을 청했다. 엄마는 시간이 조금 지나 나를 용서해주러 집 문을 열었다가, 다시 열 받아 문을 닫는 일을 반복했다. 나는 그때 엄마의 씩씩거리는 숨소리와 격양된 목소리가 아직도 생생하게 기억난다.

나는 유달리 사고를 많이 치는 아들이었고, 엄마의 바람대로 살아주지 않는 아들이었다. 공부하라고 했더니 학교 가서 방송 반으로 여기저기를 쑤시고 다니고, 남들은 소박하게 가수들의 노래를 찾아 들을 때, 나는 학교 가방을 메고 가수들을 쫓아다녔다. 대학교에 가기 위해 수능 준비를 해야 할 때, 나는 인터넷 방송을 배워 인터넷 DJ를 했고, 밤마다 노래를 부르고 진행도 하며 엄마의 신경을 긁었다. 그때 본 엄마의 모습은 항상 화가 나 있고 신경질적이었다. 나는 항상 '내 행동에 무슨 문제가 있느냐'는 주의였고 엄마는 그런 나를 보며 한없이 답답해하고 한심해했다. 그리고 한참이 지나서야 알았다. 그때의 나를 보며 엄마가 얼마나 많이 울었는지, 얼마나 마음 아파했는지, 얼마나 나의 미래를 걱정했는지를 말이다.

엄마는 자식에게 눈물을 잘 보이지 않는다. 엄마는 그렇게 뒤에서 소리치고 있지 않았고, 울고 있었다. 엄마는 잔소리하고 있지 않고, 울고 있었다. 엄마는 신경질 내지 않고 울고 있었다. 나를 쫓아내고 문 밖의 나를 생각하며 시계만 쳐다보고 계셨고, 딴짓하는 아들에게 두 번 세 번 고민하다가 겨우 한 마디 하셨다. 답답하고 한심한 것이 아니라 안타까워하고 계셨다. 그런 엄마의 눈물로 나는 조금씩 조금씩 삐뚤어지지 않고 자라나갔다.

아내는 아직도 '엄마'라는 단어에 눈시울이 붉어진다. 그 일이 일어난 지 4년이 흘렀지만, 아내에게는 어제 일어난 일 같단다. 모든 순간과 장소에 엄마가 살아계시고 엄마가 좋아하는 것을 먹을 때면, 엄마가 좋아하던 장소에 갈 때면 가만히 혼자 눈물을 삼킨다. 결혼을 해서 아이가 셋인 처제는 수아, 수연, 수영이가 품에 안기며 "엄마!"라고 외칠 때 엄마 생각이 너무 많이 난다고 했다. 아이들이 부르는 '엄마'를 들으면 '우리 엄마'가 떠오르는 것이다. 엄마의 웃음, 엄마의 목소리, 엄마의 손, 엄마의 음식까지…. 자신의 엄마가 좋아하던 음식들을 작은 딸들이 맛있게 먹을 때 엄마 생각이 떠나질 않는단다. 문득 자신의 말투에 엄마가 어릴 적 자신에게 하던 말들과 말투가 깃들어 있다는 것을 느낄 때면 더 보고 싶어진다고 했다. 그중에서도 가장 엄마가 보고 싶어지는 때는 아이들을 키우면서 해야 할 집안일을 하면서란다. '아이 다섯을 키우면서 본인의 삶과 일, 집안일을 어떻게 다 해내셨을까? 얼마나 힘드셨을까? 남몰래 혼자 어깨와 허리를 자신의 손으로 두드리며 힘듦을 감내하는 모습을 제외하고는 힘들단 내색 없이 어떻게 그 오랜 시간을 살아내셨을까? 나는 이렇게 힘든데, 엄마는 도대체 얼마나 힘드셨을까?'생각한다고 했다.

나이가 들어 엄마가 되고 아빠가 되어가면서, 또 누군가의 든든한 버팀목이 되면서 우리는 엄마가 얼마나 많은 일들을 겪었는지 미약하게나마 알게 된다. 결혼을 하지 않아도 결혼을 해도, 어른이 되면서 내가 책임져야 할 일들이 하나씩 늘어가면 그것조차 감당하기가 버거울 때가 많다. 근데 엄마는 그런 자신의 삶과 더불어, 우리들의 삶까지 짊어지고 한걸음 한걸음 걸어내셨던 것이다. 그리고 그 걸음엔 엄마의 수많은 눈물이 있었을 것이다. 단, 우리가 살면서 엄마의 눈물을 잘 보지 못하는 이유는 하나다.

엄마의 눈물은 땅으로 떨어지지 않는다. 언제나 우리의 인생에 떨어져 우리를 더 단단하게, 이 세상을 살아나갈 수 있게 만들어 주신다.

엄마의 눈물로
삐뚤어지지 않고 자라나갔다

#2

_26

네가 가장 예쁜 날은 오늘이야

지난달 우리에겐 아이가 태어났어요. 이일 저일 바빴고, 내야 할 고지서는 쉬지 않고 집으로 도착했기에 내 아이는 내가 없는 사이에 걸음마를 배웠고 나도 모르는 사이 말을 배웠습니다.

"아빠, 나는 아빠 같은 사람이 될래요. 아빠를 꼭 닮을 거예요. 언제 오세요, 아빠?"

"글쎄다. 하지만 함께 보게 될 때는 즐거운 시간을 갖게 되겠지."

내 아들이 지난달 열 살이 되었습니다.

"공 사주셔서 참 고마워요. 아빠, 함께 놀아요. 공 던지기 좀

가르쳐 주세요."
"오늘은 안 되겠다. 할 일이 많단다."
"괜찮아요."
내 아들은 밝은 웃음을 머금고 나가며 말했습니다.
"나는 아빠처럼 될 거예요. 아시죠? 나는 아빠 같이 될 거예요. 언제 저랑 놀 수 있어요. 아빠?"
"글쎄다. 하지만 그때는 즐거운 시간을 갖자꾸나."
내 아들이 며칠 전 대학에서 돌아왔습니다. 사내답게 컸기에 나는 말했습니다.
"아들아, 네가 정말 자랑스럽구나, 잠시 함께 앉아서 이야기나 나누자."
아들은 고개를 저으며 말했습니다.
"아버지, 차 열쇠 좀 빌릴 수 있을까요? 이따 봐요."
"언제 돌아오니, 아들아?"
"글쎄요. 하지만 돌아오면 함께 좋은 시간을 갖도록 하죠."
나는 은퇴를 했습니다. 시간이 오래 지났습니다. 아들은 이사를 나갔습니다. 지난달 아들에게 전화를 해서 물어봤습니다.
"아들아, 괜찮다면 한번 볼 수 있겠니?"
"그러고 싶어요, 아버지. 시간만 낼 수 있다면요. 새 직장 때문에 바쁘고 애들은 감기에 걸렸어요. 얘기하게 되어 반가워요,

아버지."

전화를 끊고 나서 깨달았습니다. 아들이 나와 똑같이 컸다는 것, 내 아들이 꼭 나와 같다는 것을요.

"언제 집에 오니, 아들아?"

"글쎄요. 하지만 그때는 즐거운 시간을 갖도록 하죠, 아버지."

- 부모가 함께 보아야 할 글, 작자미상 -

일찍 장가를 간 친구는 밤에 일을 하느라 바빠서 집에 잘 들어오지 못했다. 어느 날 아들에게 "아빠 갔다 올게"그랬더니 아들이 싱그러운 얼굴로 아빠를 쳐다보고는 "응, 또 놀러와" 했단다. 처음에 친구가 이 이야기를 했을 때 한참 웃으며 핀잔을 주었는데 최근에 비슷한 광고를 보았다. 그리고 시간이 흐른 후에 인터넷에서 '부모가 함께 보아야 할 글'이라는 글을 읽고는 그냥 웃어넘길 수 있는 일이 아니란 걸 알았다. 자식을 위해 바쁘게 일하면서도 자식과의 시간을 놓치는 일들이 얼마나 우리 주변에서 자주 일어나고 있는지를 깨달았다.

결혼한 지 4년이 흘렀다. 나는 지금도 가끔 아침에 혹은 저녁에 아내를 보면 푼수같이 또 반한다. 실없이 웃으며 아내에게 "왜 그렇게 이뻐? 뭐 먹고 그렇게 이뻐?"라고 반 장난, 반 진심으로 이야길 던지면 아내는 "이쁘긴 뭐가 이뻐, 늙었구먼"이라며 핀잔을 줄 때도 있고, "당신이 이쁘게 봐줘서 이쁘지"라며 오히려 나를 추켜세우는 말을 한다. 하지만 이쁘게 느껴질 때 이쁘다고 말하지 않으면 이쁘다고 말해줄 일이 없어진다. 나는 곧잘 그렇게 느끼는 순간 바로 말하는 편이다. 먹고 싶은 게 생기면 아내를 꾀어 먹으러 나가는 편이고, 기다렸던 영화는 반드시 개봉 날에 보고야 만다. 바쁜 일이 있어도, 가끔은 중요한 일도 뒤로 던져두고 그저 그 순간만을 위해 시간을 낸다. 그런다고 큰일이 나는 건 아니더라.

오늘 그렇게 먹고 싶었던 '오징어 땅콩'은 내일 먹으면 꼭 맛이 없다. "고마워"라는 말의 타이밍을 놓치면 꼭 그 의미가 퇴색되고, 해주고 싶은 마음이 들었을 때 당장 해주지 않으면 꼭 해주지 않게 된다. 길을 가다 문득 그 사람이 떠올라 아무 생각 없이 사서 '오다가 주웠어'라며 던져주면 이상하게 감동하고, 아주 잠깐 짬을 내서 "밥 먹었어?"라고 물어봐주면 사려 깊은 사람이 된다. "사랑해"라는 말을 오늘 하지 않으면, 영영 못하게 되는 슬픈 일도 생긴다. '그럴 걸, 저럴 걸'은 언제나 후회를 남기기 마련이다.

우리는 바쁘다. 그런데 시간은 언제나 내는 거다. 당신이 사랑하는 사람이, 그리고 당신이 가장 예쁜 날은 오늘이니까.

그 순간만을 위한
시간을 낸다

_27

우리는 보지만 아무것도 보지 못한다

예전에 '이곳'은 신촌에 있었다. 그리고 시간이 흘러 북촌으로 옮겨졌고, 잠시 진행하지 않다가 새롭게 시작되었다. 나는 이전에도 다시 시작한 이후에도 좋아하는 사람, 사랑하는 사람, 아끼는 사람들을 '이곳'으로 초대하거나 함께 갔다. 하지만 그마저도 망설였다. 사실 나는 '이곳'을 쉽게 다른 사람과 공유하지 않으려 했다. 그만큼 이 장소를 아꼈고, 내 삶의 지표를 깨닫게 해주는 장소라 생각했다. 그 어떤 불안감도 이곳에서는 느낄 수 없었고, 세상 가장 불안한 환경을 갖추고 있음에도 이상하게 편안하다고 느꼈다. '이곳'에서는 생전 처음 보는 사람과도 불편하지 않았다. 그 어떤 선입견도 낄 틈이 없었다. 그저 한 발짝을 걸어가는 데 온 마음을 쏟아야 했고, 그 걸음들 안에서 많은 것을 느끼고 볼 수 있었다. 실상은 아무것도 볼 수 없는데, 너무 많은 것을 보고 나오는 '이곳'을 나는 언제나 인생의 온축지라고 생각했다. '이곳'은 이제 알 만한 사람은 다 아는 북촌에 있는 '어둠 속의 대화'라는 보이지 않는 전시장이다.

아내와 나는 결혼 전에 이곳을 다녀왔다. 입장을 위해 입구에 들어서면 우리와 같은 시간에 온 사람들을 만날 수 있고, 그 때부터 조금의 어둠이 시작된다. 함께 입장하는 총인원은 8명. 벽에 등을 기대고 같이 온 사람과 이야기를 나누다 보면, 짧은 안내와 함께 앞을 짚을 수 있는 white cane(흰 지팡이)을 지급받는다. 그리고 완전한 어둠 속으로 들어간다. 보통 약간의 빛이라도 존재하면 곧 눈이 익숙해지고, 미약하게나마 앞이 보이지만, 이곳 어둠 속의 대화에서는 시간이 아무리 지나도 무언가를 물리적으로 보지 못한다. 그래서 차라리 편안하게 눈을 감으라는 조언을 듣게 되고 그 후 정말 완전한 어둠 속에 있다는 사실을 깨닫게 된다. 아내는 조금 겁을 먹기 시작했다.

"진짜 하나도 안 보여. 무서워."

"괜찮아. 아무것도 안 보이는데, 조금 있으면 모든 게 보일 거야."

수수께끼 같은 내 말에 아내는 뭐냐며 투정을 부리면서 불안의 끝을 떨치지 못했다. 그리고 그 불안은 잠시 후 우리를 이끄는 '로드마스터'를 만나고서야 조금 해소되었다. 어둠 속의 대화에서 로드마스터는, 100분간의 어둠의 여정에서 우리를 이끄는 사람이다. 앞에 뭐가 있는지, 어떻게 걸어야 하는지 아주 세세하게 알려주면서 안내한다. 그녀(실제로는 남자 로드마스터도 있는데, 나는 여자 로드마스터만 만났다.)는 아주 재미난 능력을 가지고 있다. 어둠 속에서 우리의 손과 팔을 잡고 누구인지 명확하게 기억하고, 한 번 들은 우리의 목소리로 우리의 이름 혹은 팀 이름을 명확하게 기억한다. 그리고 그렇게 그녀는 조심해야 할 것, 그 속에서 느껴야 할 것, 보이지 않지만 무엇을 볼 수 있는지, 느낄 수 있는지를 알려준다.

모든 행동이 조심스러워진다. 행여나 앞사람과 부딪힐까 봐 살금살금 걸어야 하고, 발 앞에 턱이 있는지 벽이 있는지 하나하나 더듬어 가며 앞으로 나아갔다. 들리지 않는 소리가 아주 세세하게 들렸고, 손끝에서 느껴지는 아내의 떨림과 동시에 두근거리는 아내의 심장소리가 들리는 듯했다. 말을 크게 하지 않아도 아내에게 모든 말이 전달되는 공간이었다. "무서워?"라는 내 물음에 아내는 "아니, 괜찮아"라고 대답했지만, 100분 동안 아내가 내게 가장 많이 했던 말은 "당신 어디 있어?"였다. 그리고 그건 나 역시도 마찬가지였다. 우리는 끊임없이 서로의 존재를 확인하면서 불안감을 쓸어내리기 위해 애썼다.

이 어둠은 사실 우리의 삶과 비슷하다. 우리는 보고 있지만 아무것도 보지 못한다. 우리는 지나간 시간을 그대로 물리적으로 볼 수 없고, 앞으로 올 시간을 물리적으로 볼 수 없다. 오로지 우리가 볼 수 있는 시간은 발을 딛고 있는 지금뿐이다. 결국 아주 화려하고 찬란한 어둠 속에서 우리의 시간을 보내고 있는 것이다. 5분 후, 10분 후, 1시간 후, 1달 후, 1년 후 우리에게 무슨 일이 어떻게 닥쳐올지 우리는 알 수 없다. 다만 그 순간 조심조심 한 걸음을 내딛을 뿐이고, 더듬더듬 손을 뻗어 내가 어디쯤 왔는지 확인할 수 있을 뿐이다. 그러기에 문득 알 수 없는 불안감이 우리를 무너뜨리고 좌절시킨다. 보이지 않는 공포가 발아래에 와있다고 느낀다. 그래서 우리의 인생은 고통과 안도감의 연속이며 알다가도 모를 수밖에 없는 것이다. 우리는 우리 스스로에게 자꾸 묻는다.

"나는 어디에 있지?"

시간이 40분쯤 흐른 것 같다고 느꼈을 때, 로드마스터는 우리의 전시 관람이 종료되었음을 알렸다. 100분이 벌써 지나버린 것이다. 어둠 속에서 시간의 흐름에 대해 우리는 무뎌졌고 그 흐름을 놓쳤다. 언제나 우리를 기다려 주지 않는 시간을 몸소 느꼈다고나 할까. 로드마스터는 함께한 사람들에 대한 짧은 감상을 들려주었다. 우리의 목소리에 대한 로드마스터의 생각, 보이지 않지만 본 모든 것들에 대한 이야기를 듣고 있으면 어떤 부분에서는 놀라고, 어떤 부분에서는 슬며시 미소가 지어지기도 한다. 마지막 그 목소리에서 8명의 사람들은 각자의 어둠을 가져간다. 그리고 "고맙습니다. 감사합니다"라는 인사를 남긴 채 로드마스터와는 어둠 속에서 이별한다.

그러고 보면 우리의 삶에도 언제나 '로드마스터'가 있었다. 약속한 것처럼, 운명처럼 그들은 부모, 연인, 친구, 선배, 후배, 누나, 형, 언니, 동생의 모습으로 우리의 순간을 대신 기억해주고, 우리의 목소리, 이름과 그때의 우리를 명확하게 기억해준다. 그 순간 우리가 조심해야 할 것, 그 속에서 느껴야 할 것, 보이지 않지만 본인이 보아왔던 것들을 통해 우리와 함께 한다. 그렇게 길을 걸은 자가 길을 알려주는 삶을 우리는 살아간다.

전시장을 나오면서 나는 아내에게 물었다.

"오늘 본 전시가 다 보였다면 어땠을 것 같아?"

"음, 엄청 시시했겠지."

"그럼, 안 보이는 게 더 좋은 건가?"

"그건 아니지만, 다 보이고 안다면 굳이 걸어가려고 할까? 쉬우면 쉬워서, 무서우면 무서워서."

보이지 않는다는 것은 우리에게 늘 예상치 못한 일들을 꺼내 우리를 넘어뜨리려 한다. 하지만 우리가 앞날을 볼 수 있다면 인생의 설렘을 빼앗기고, 도전할 용기를 빼앗겨 모든 걸 포기하고 싶게 만들지 않을까?

우리는 모두 내일을 모르는 어둠 속을 살아가고 있다. 동시에 우리 곁에는 늘 지금 우리가 걷고 있는 길을 이끌어주는 '로드마스터'가 있다. 그리고 언젠가 우리도 누군가의 '로드마스터'가 된다.

_28

비참하거나, 교만하거나

슈트를 자주 입는 나는 평상복을 잘 사지 않는다. 입을 일도 얼마 없지만 잘 어울리지도 않는다고 생각했다. 그래서 그저 큰 관심 없이 사이즈가 맞거나 색상만 괜찮으면 대충 골라 집어 입는 스타일이다. 그런데 그날은 너무 마음에 드는 재킷을 샀다. 가격은 꽤 비쌌지만 거울 속에 비친 내 모습이 참 멋지다고 생각이 들 만큼 마음에 들었다. 이렇게 서도 멋지고, 저렇게 서도 멋졌다. 물론 그 거울이 마법의 거울이기도 했지만, 꼭 맞는 옷을 찾았다는 것만으로도 충분히 만족스러웠다. 오래간만에 기분 좋은 쇼핑을 한 나는 싱글벙글했고 그런 내 모습을 보는 아내도 즐거워했다. 그 자리에서 바로 택을 떼고, 입고 나왔다. 지나가는 유리에 나를 비춰보고, 거울만 있음 조르르 달려가 내게 어울리는 옷을 입은 나를 바라보며 뿌듯해했다.

“나 멋지지 않아?”라는 나의 계속되는 질문에 키득키득 웃으며 아내는 “응 멋져”라고 해주었다. 발걸음을 옮겨 커피숍으로 향하는 그 시간 내내 나는 즐거웠다. ‘옷이 날개’라며 팔짝팔짝 어린아이처럼 뛰어다녔다. 이윽고 카페에 도착해 아내는 시원하고 달달한 캐러멜 마키아토, 나는 아이스 아메리카노를 시켜놓고 테이블에 앉아 이런저런 이야기를 나눴다. 손님들이 문을 열고 들어오면 짤랑짤랑 울리는 종소리에 눈길을 한 번씩 뺏기면서도 이야기는 끊이지 않고 즐겁게 잘 이어져갔다.

잠시 후, 커피숍으로 들어오는 한 남자에게 내 시선이 멈추었다. 순간 나는 그 남자와 나를 번갈아 몇 번이나 쳐다볼 수밖에 없었다. 아내는 나에게 “왜 그래?”말하며 그 남성을 향해 고개를 돌렸고 곧이어 “어? 같은 옷이네?”라고 말했다. 그 남자와 나는 똑같은 재킷을 입고 있었다. 문제는 그가 나보다 키도 컸고, 늘씬했고, 어깨도 넓고, 심지어 잘생기기까지 했다. 순간 나는 숨고 싶었다. 같은 옷을 입었는데, 그 사람이 나보다 훨씬 더 멋져 보였기 때문이다. 왠지 남들의 수군거리는 소리가 들리는 것 같았다. '같은 옷 다른 느낌'이란 이럴 때를 두고 하는 말 같았다. 갑자기 기분이 나빠진 나를 보며 아내는 "당신은 당신이고 저 사람은 저 사람이야. 내가 보기에 이 재킷은 당신한테 더 잘 어울려"라고 이야기해줬지만 귀에 들어오지 않았다. 나는 그 사람이 커피숍을 떠나고 나서야 다시 제대로 앉을 수 있었고 카페를 나설 수 있었다. 나는 택을 떼어버린 걸 후회했다. 반품하고 싶었다. 더 이상 그 옷은 내게 어울리는 옷이 아니었다. 그날의 비교는 날 비참하게 만들었다.

매일 새벽 5시에 일어나 준비하고 출근한 후 하루 종일 일을 하고 집에 돌아오면 저녁 8시 즈음이다. 그때부터 운동을 시작해 운동이 끝나고 나면 서둘러서 미처 다 못 읽었던 독서를 한다. 그리고 글을 쓰거나 공부를 하며 시간을 보내다 보면 어느덧 새벽 1시다. 잠에 든 지 4시간 만에 나의 하루는 다시 또 시작이다. 나는 그렇게 사는 내가 뿌듯했고 기특했다. 나는 늘 다른 사람보다 더 빨리 일어나려 했고, 더 많은 일을 하려 했고, 지지 않으려 했다. 남들보다 시간을 쪼개서 살아간다는 것에 자부심이 가득했다. 나는 내가 대단한 사람이라고 생각했다. 남들 자는 시간에 일어나고, 남들이 힘들어하는 일들을 해내고, 남들은 하나도 하기 힘든 일을 여러 개 해내면서 '나는 다른 사람들과 다르다'고 생각했다. 그리고 그런 시간을 보내는 나는 조금씩 그렇지 않은 사람들을 무시하고 있었다.

그러는 동안 아내는 외로워했고 나에게 투덜대기도 했지만, 나는 "내가 놀아?"라며 나의 행동을 당연시했다. 바쁘다는 핑계로 부모님을 뵈러 일 년에 3번도 겨우 갔고, 아버지는 그런 내게 "미국에 있는 네 동생보다 더 만나기가 힘들다"며 핀잔 아닌 핀잔을 주시곤 했다. 그런데도 나는 "내가 놀면서 안 가요?"라며 내 행동을 정당화했다. 아내도 아버지도 틀렸고, 내가 맞다고 생각했다. 그냥 사는 다른 사람과는 달리 시간을 알차게 보내며 잘살고 있다고 믿었다. 다른 사람들보다 더 바쁘고, 더 잘나가고, 더 벌면 되는 거라고 생각했다. 나는 그들보다 언제나 부지런하다고 생각했고 내가 맞다고 생각했다. 그리고 그런 생각을 강요했다. 어떤 면에서 비교는 날 교만하게도 만들었다.

할 일 없이 비스듬히 누워 채널을 이리저리 돌렸다. 다 비슷비슷한 채널에 음식 이야기, 건강 이야기, 흔한 야외 버라이어티, 부부 이야기들이다. 하나의 주제가 이슈가 되면 그걸 모티브로 한 비슷한 프로그램이 줄을 잇는다. 나오는 사람만 다를 뿐 다 비슷비슷한 흐름이다. 볼 게 없어 결국 채널을 돌리다 어느 한 채널에 의미 없이 멈추어 섰고, 아내와 나는 멀뚱멀뚱 그저 눈길을 두고 있었다. 그 프로는 부모들이 나와 자녀들에 대한 이야기를 나누는 예능프로였다. 화면 속의 아이는 수영을 배우는 아이였고, 엄마는 그런 아이를 열심히 뒷바라지하며 아이의 꿈을 지켜주고 있었다. 아이는 수영대회를 준비해 나가게 되었고, 엄마는 아이의 매니저가 되어 아이를 북돋으며 코칭하고 있었다. 드디어 대회 날, 아이는 온 힘을 다해 수영을 했고, 그 화면을 지켜보던 다른 패널들은 아이가 1등을 했으면 좋겠다며 응원했다. 그런데 그때 아이의 엄마는 다른 패널들에게 이렇게 이야기했다.

"1등 하지 않아도 괜찮아요."

패널들은 어리둥절해했다. 엄마는 빙그레 웃으며 설명했다.

"'누구보다 더'가 아니라 '나 자신보다 더'가 필요해요. 필요한 건 누구를 이기는 게 아니라, 내가 수영을 해야 될 이유니까요."

맞다. 그렇지 않으면 더 많은 절망과 좌절, 더 많은 교만이 아이를 괴롭힐 테니까.

우리는 나를 확인하기 위해 누군가와 자꾸만 비교를 한다. 다른 사람의 사진을 보면서 내 머리를 정리하고 화장하는 것과 무엇이 다르겠는가. 우리에게 필요한 것은 언제나 나를 비추는 거울이다.

비교는 날 비참하게 하거나, 내가 교만해지거나 둘 중에 하나로 끝난다.

다른 사람들보다 내가 맞다고 생각했다

비교는 날 교만하게도 만들었다

_29

방구석이 최고야!

"오! 빨간 날이 금요일이네!"

"오래간만에 쉬겠네?"

"흠, 어디 좋은 데 갈까?"

"좋은 데 어디?"

"글쎄, 이제 찾아봐야지!"

금요일이 빨간 날이라 그냥 흘려보낼 수 없었다. 금, 토, 일로 이어지는 황금연휴는 많은 생각을 하게 만들었다. 너무 바쁜 날을 보냈기에 늘어지게 쉬고 싶은 마음도 있었지만, 이런 날이 어디 흔하던가. 어디든 떠나야겠다는 생각이 들었다. 아내에게 어딜 가고 싶은지 물었지만 돌아오는 아내의 대답은 "글쎄"였다. 뭔가를 해야겠다는 마음이 일어나 벌써 어딘가로 마음은 뛰어갔지만 딱히 떠오르는 곳은 없었다. 이 기막힌 찬스를 그냥 날려버릴 수 없다는 강박관념이 나를 짓눌렀다. 어딘가에 가거나, 무언가를 먹거나, 그것도 아니라면 무엇이든 해야 된다는 생각에 인터넷을 한참 뒤적거렸다. 블로그에 나오는 괜찮은 카페, 맛있는 음식점, 지역축제 등을 찾아 계획대로 움직였다. 즐거웠다. 행복했다. 그런데 집에 다시 돌아온 우리는 약속한 것처럼 말했다.

"집이 최고다!"

나는 여행을 좋아했다. 돈을 모아 해외로 자주 떠났었고, 그 나라의 볼거리, 먹을거리를 즐기는 것은 내가 돈을 버는 이유 중 가장 큰 부분을 차지했다. 쉴 새 없이 바쁜 지금도 지치고 힘들 때면 어디론가 떠나고 싶다는 생각부터 머릿속에 밀고 들어온다. TV를 켜면 여러 채널에서 여행 관련 프로그램이 방송된다. 한참을 보고 있으면 없던 마음도 생겨 어딘가로 떠나지 못한 내 인생이 불쌍하게 느껴진다. '이번에 선배는 하와이에 갔다 왔다던데, 친구는 스페인으로 10박 11일을 떠났다는데, 심지어 아는 동생은 회사를 때려치우고 7개월의 해외여행을 떠났다는데…' 하는 소식을 들으면 '도대체 나는 무엇을 위해 살고 있나'라는 생각까지 들었다. 거기에 TV까지 보태니

어찌 떠나지 않을 수가 있을까.
여행은 우리를 설레게 한다. 공항에 들어섰을 때 그 특유의 느낌은 아직 떠나지도 않은 우리의 마음을 흔들어 놓고 한없이 기쁘게 만든다. 하지만 어디론가 떠난다는 것이 그렇게 쉬운 일은 아니다. 어디서 자야 할지, 무엇을 볼지, 무엇을 먹을지 생각하고 고민하며 찾아다녀야 한다. 여행은 '새로움'이라는 설렘을 주지만 '긴장'이라는 피곤함도 함께 준다. 적당한 긴장감이 없으면 여행은 좋은 추억보다 나쁜 추억으로 칠해질 가능성도 많다. 같이 간 사람과 싸운다거나, 길을 헤매거나, 무언가를 잃어버리는 일이 생기면 피곤하고 힘들다. 여행은 대부분 '힐링'이 목적이지만, 무슨 일이 끊임없이 일어나는 여행에서 완벽한 '힐링'을 만끽하기란 힘들 때가 더 많다. 그래서 여행을 마치고 집에 돌아오면 가방을 툭 던져놓고 소파 혹은 침대에 몸을 뉘어 떠나기 전과는 완전 다른 마음으로 "역시 집이 최고다"라는 말이 나오는 것이다.
그래, 떠나야만 보상받는 것은 아니다. 몇 가지만 준비되어 있다면 집에서 쉬는 것이 최고의 여행이 될 수도 있다. 일단 바빠서 못 본 드라마를 정주행하거나 영화도 괜찮다. 물론 예능도 나쁘지 않다. 어차피 보다가 잘 가능성이 크다. 마트에 가서 제철 음식들을 잔뜩 사 오자. 금강산도 식후경이고, 방구석도 식후경이다. 배가 고프면 우리에게 휴식은 없다. 과일도 사자. 시원하고 깔끔하게 먹도록 미리 냉장고에 넣어두면 더 좋다. 그것도 귀찮으면 집 한구석에 있는 배달음식 전단지를 내가 누울 장소 아주 가까이에 두자. 손가락 몇 개와 몇 마디의 말로 꽤 괜찮은 음식들이 집으로 온다. 내 마음대로 시키고 내 마음대로 먹자. 지겹도록 컵라면을 먹어도 좋다. 씻기도 귀찮다. 한 이틀 좀 안 씻어도 괜찮다. 떡진 머리에 무릎 나온 운동복, 목이 한껏 늘어난 티셔츠를 입고 방만 바꿔가며 계속 누워 있자. 그러면 하고 싶었던 일도 하기 싫어진다. 아무것도 안 하고 있는데 더 아무것도 안 하고 싶어진다. 눈만 꿈뻑꿈뻑 뜨고서 그저 시간이 흘러가게 두자. 아깝다고 생각하지 말자. 우리는 시간을 그렇게 보낼 자격이 있다. 아침마다 어딘가로 떠나 어떤 일이 벌어질지 모르는 세상은 잠시 접어두자. 어차피 또 나가면 세상이 나를 컨트롤하려 든다. 그게 날씨든, 사람이든 대부분 그렇다.

세상이 내 마음대로 되지 않으면, 내 마음대로 되는 세상을 만들면 된다. 방구석에선 가능하다. 사람은 의미 있는 시간을 보내야 가치 있다 생각하지만, 의미는 늘 우리가 기준이다. 우리에게는 의미를 포기하는 의미 있는 시간이 필요하다. 쉬는 날, 연휴에 어딘가로 떠나야 한다는 남모를 부담을 덜어내야 한다. 무언가를 반드시 해야 의미 있는 것은 아니다. 늘 무언가를 하고 있는 우리들에겐 오히려 무언가를 하지 않는 것이 더 의미 있을 때가 있다. 아내에게 전화를 했다.

"자기야, 이번 연휴는 방구석이야!"

떠나야만
보상받은 것은 아니다

_30

당신은 정말 '잘'하고 있다

역시 안 하던 짓은 하면 안 된다. 아내의 사랑을 받아보고자 나섰다가 오히려 한소리 듣고 말았다. 잔뜩 쌓여 있는 설거지를 보니 아내도 참 하기 싫겠다는 생각이 들어서 시작한 일이었다. '저기 가서 쉬라'며 아내를 부엌에서 내쫓고 엉성한 손길로 기름이 덕지덕지 묻어있는 접시와 그릇들을 닦았다. 나름대로는 아주 계산적이고 논리적으로 일련의 순서에 따라 진행했다. 다 해놓고 나니 뿌듯했고 차곡차곡 쌓여있는 그릇을 보니 내가 엄청 멋진 남편이 된 것 같았다. 그러나 그런 생각이 와장창 깨지는 순간까지는 오래 걸리지 않았다. 과일을 깎으려고 부엌에 들어선 아내는 과일을 옮겨 담기 위해 씻어

놓은 그릇을 꺼내 들며 살피더니 눈살을 찌푸리고는 나를 슬쩍 바라보다가 한마디 던졌다.

"잘 좀 하지?"

나는 뭐든 잘하고 싶었다. 그 '잘'이라는 단어가 나를 벅벅 긁어대더라도 나는 '잘'하고 싶었다. 그 '잘'의 기준을 도무지 모르겠지만, 어쨌든 이왕에 할 거라면 잘 좀 하고 싶었다. 그런데 세상일이 어디 그런가. 이만하면 충분하다 생각해도 그 충분의 기준이 다 달라서 그놈의 '잘'은 늘 어렵기만 하다. 그러다 보니 어느 순간부터 '잘'하고 싶은 마음이 부담스러워졌다. "잘하라"는 말은 듣기가 점점 거북했다. 속으로 나도 모르게 "너나 잘해라"라는 말이 목 끝까지 차오르곤 했다. 옛날하곤 달랐다. 우리가 어릴 때는 무엇을 하든 어른들로 하여금 잘한다는 소리를 들었다. 일어나고 누워만 있어도 잘한다는 말을 들었다. 어쩌다가 기어보려고 폼이라도 잡으면 "어이구, 잘했다"그러다가 처음으로 '엄마, 아빠'를 부르면 부모님은 우리를 끌어안고 빙글빙글 돌리며 "어쩜, 어쩜, 신동 아니야?"라며 감탄했다. 학교에 처음 가는 날은 책가방만 어깨에 메도 '멋지다, 잘한다'하셨다. 그런데 시간이 지나며 학년이 오르고 해내야 하는 일이 점점 많아지며 어려워지기 시작하면 그때부터 시도 때도 없이 사방에서 이런 말이 들려온다.

"잘 좀 해라!"

한두 번 들을 때는 잘 모르다가 "잘 좀 하라"는 말을 반복해 들으니 한 가지 행동을 할 때마다 엄마, 아빠의 눈치를 살피게 되었다. 엄마와 아빠의 눈빛을 확인하고서야 안도했다. 늘 눈빛으로 부모님께 '나 잘하고 있는 거지?'물었다. 어느 순간부터 나는 잘하지 못할까 봐 두려워하고, 잘하고 싶어 눈치를 보는 아이가 되어 갔다. 우리 모두 비슷하지 않나 싶다.

언젠가 한번은 정신을 잃었던 적이 있다. 깨어났을 때 입 안에서 모래 맛이 났다. 까끌하고 텁텁한데다 정신까지 몽롱했다. 나는 분명 골인 지점을 향해 뛰고 있었는데 깨어보니 침대 위였다. 그제야 실감할 수 있었다. 오랫동안 기대했던 일이 그렇게 허무하게 끝나버리고 말았다는 것을. 나는 두 손을 움켜쥐고 스스로를 원망하며 울었다.

대학시절 ROTC로 가고 싶었다. 월급도 많이 받고, 기왕이면 장교로 군대에 가려 했다. 나는 엄마에게 큰소리치며 ROTC를 간다고 했고 그러니 빨리 가라 잔소리하지 말라고 했다. 큰소리를 친 만큼 열심히 준비했다. 무엇보다 체력시험을 통과하기 위해 밤낮으로 운동을 했다. 유독 달리기를 못했기에 오랜 시간을 연습해야 했다. 대부분의 항목에서 기준점만 넘으면 되는 시험이었다. 당일 나는 컨디션이 아주 좋았고 여러

항목들의 기준을 비교적 가볍게 통과할 수 있었다. 마지막 딱 한 종목 '오래 달리기'만 남겨두고 있었다. 내 페이스대로만 뛰면 충분히 합격할 거라 자신했다. 부끄럽지 않을 만큼 연습했기 때문이다. 밤마다 헉헉거리며 뛰어다녔던 순간을 생각하며 출발선에 섰다.

'땅-'

총성이 울렸다. '하던 대로'라는 내 생각은 '땅'하는 소리와 함께 무너졌다. 모두 생각보다 빠른 속도로 뛰어나가는 모습을 보고선 나도 모르게 내 페이스가 아닌 그들의 페이스로 뛰기 시작했다. 딱 4바퀴를 그 속도로 뛰다가 그만 기절하고 말았다. 머리부터 땅에 박았는지 입 안에는 모래가 한가득이었다. 시험에서 떨어진 나는 한참을 울었다. 그리고 그런 나를 보며 사람들은 말했다.

"그러게, 잘 좀 하지 그랬어."

꼭 잘하는 것에만 의미를 두지 않아도 괜찮다. 어쩌면 한다는 것만으로도 충분히 가치 있을 수 있다. 그러니 잘하라고 말하지 않았으면 좋겠다. 아예 하지 않는 사람도 많다. 나는 잘하지 못해 ROTC는 떨어졌지만 그래서 의경으로 빨리 군대에 다녀올 수 있었다. 아쉬움은 있었지만 그것만으로도 충분히 잘했다고 생각한다. 그리고 잘해도 사실 별반 다를 게 없다는 것도 알게 되었다.

나이가 들면 우리가 할 일이, 이루어야 할 일이 많아진다. 그 일에 대한 기대를 다 '잘'로 채우겠다는 것은 무리다. 나는 여전히 '잘'하지 못한다. 그렇지만 나 아닌 다른 사람들에게 '잘'하고 있다고 말해주려 노력한다. 대부분 정말 충분히 '잘'하고 있다.

당신은 정말 '잘'하고 있다.

do your best

_31

하고 싶은 것만 하는 날이 필요하다

엄마들을 만나 컨설팅을 진행하다 보면 가장 많이 듣는 이야기 중 하나가 "우리 아이는 집중력이 떨어져요"다. 보통 아이들은 한자리에 앉아 책 한 권 읽는 것도 힘겨워 했다. 학습지를 풀기 시작해 20분만 지나면 자신이 해야 할 페이지가 몇 장이 남았는지 계속 헤아리려 했다. 어릴 적 수업시간에 시계를 돌아보면 언제나 비슷한 시간에 시계를 쳐다보았다. 내 경우에는 42분이었다. 수업시간 50분 중에 42분만 되면 집중이 깨지는 것이었다. 나도 집중력이 그리 좋은 편이 아니었고, 내가 멘토링하는 아이들도 집중력이 좋은 편은 아니었다. 집중은 몰입인데 아이들에게는 몰입을 해본 경험이 사실 그리 많지 않았다. 혹은 부모가 몰입을 하도록 내버려두지 않는다.

하고 싶은 일보다 해야 할 일 많아지면 그렇다. 나는 집중력을 흩뜨리는 일을 집중적으로 하곤 했다. 수학 시간에 수학선생님의 수업이 이상하다며 영어공부를 했다. 영어공부 시간에는 쓸데없는 문법 수업만 한다며 수학 공부를 했다. 그나마 공부를 하면 다행인데 앉기만 하면 엉덩이가 들썩거려 공부를 할 수가 없었다. 문제는 공부도 안 하면서 늘 '공부해야 되는데, 해야 되는데'하며 스트레스 받았다. 그리고 바보같이 공부를 하기 위해 책상 앞에 앉아서는 '놀고 싶다, 놀고 싶다' 하면서 스트레스를 받았다. 공부를 안 하면 안 해서 스트레스고 공부를 하면 해서 스트레스였다. 어차피 스트레스를 받을 거라면 하는 편이 좋다는 것을 시간이 조금 지나서야 알았는데 사실 그건 약간 뜻밖의 경험이었다.

뜨거운 여름 어느 날, 어머니와 아버지가 좀 오래 집을 비우셨다. 나와 내 동생 그리고 사촌동생 준혁이는 작전을 짰다. 아무도 없는 이 집에서 게임만 하며 시간을 보내겠다고 마음먹은 우리는 에어컨을 빵빵하게 틀어놓고 몇 대의 컴퓨터를 집으로 가지고 와 집 안을 PC방으로 만들었다. 그 당시 준혁이와 내 동생은 마비노기라는 게임을 즐겨 했었고 나는 리니지 2를 즐겨 하고 있을 때였다. 한 공간에서 오래 게임을 하다 보니 지쳐서 우린 동네 PC방으로 자릴 옮겨 또 거기서 게임을 즐겼다. 그렇게 하루가 가고 며칠이 흘렀다. 밥도 먹지 않았고 심지어 화장실 가는 것도 참아가며 게임을 했다. 진짜 말 그대로 하고 싶은 일만 하며 자유를 만끽했다. 그 누구의 방해도 받지 않았고 게임을 하다가 졸리면 자고 일어나 또 다시 게임을 했다. 진정한 해방이었고 행복했다. 그리고 그 행복은 아버지, 어머니가 다시 집에 돌아오시며 막을 내렸다. 준혁이와 나는 지금도 한 번씩 그때를 회상한다. 참 즐거웠다고, 너무너무 행복했다며 시시콜콜 이야기한다. 물론 그때 철없는 나와 내 동생 그리고 준혁이는 덥다는 이유로 에어컨을 하루 종일 돌리다가 전기세가 많이 나와 엄청 혼이 나야 했고, 해야 할 일들을 하나도 하지 못해 꽤 오랜 시간 고생을 해야 했다. 다만 그때 처음 생각했다.

'이제 할 일 해야지.'

정부에서 직장인 근로시간을 주 52시간으로 하는 제도를 도입했지만 여전히 불안하다. 기준이 전부 다르고 회사의 자율에 일부 맡겨지는 부분도 있다. 어디까지가 업무고 어디까지가 업무가 아닌지를 정하는 것도 모호하다. 그러다 보니 애매한 구석이 많다. 또한 사회의 한 측면에서는 삶을 유지하기 위한 노동의 시간이 충분히 확보되어야 하는데 정부의 정책으로 인해 오히려 피해를 보는 일도 벌어진다. 오히려 자유가 자유를 침해하는 꼴이다. 더 안타까운 건 그렇게 살아온 우리는 이 52시간제 근무로 인해 여가시간이 주어져도 무엇을 해야 할지 모른다는 점이다. 다만 어쩌면 이것도 행복한 고민일지 모른다. 공부하는 학생들에게는 주 52시간제라는 것도 없기 때문이다. 그들은 여전히 경쟁체제에 있고 계속해서 바뀌는 입시체제에 흥분하고 절망하고 있다. 정기적인 시험으로 인한 스트레스는 기본이고 장기적인 관점에서 봉사활동과 경력관리, 수상기록, 동호회 활동도 필요하다. 그들에게는 주 52시간이 아니라, 주 100시간도 모자라 보인다. 해야 할 일들이 쌓여있는 아이들에게 하고 싶은 일이란 해야 할 일들 사이에서 누군가를 속이며 행해야 할 불법과도 같은 일이 되어버렸다. 우리 때도 그랬고 지금도 그렇다. 아이들은 하고 싶은 일을 정말 제대로 해본 적이 없다. 하고 싶은 일도 몰입해 집중해서 해본 적이 없는데, 무슨 수로 하기 싫은 일을 혹은 해야 할 일을 집중해서 할 수 있을까? 요즘 아이들 입에서는 툭하면 "살기 힘들다"는 말이 튀어나온다. 어른이 된 우리도 툭하면 튀어나오는 말이다. 우리는 자랐는데 세상은 여전하다. 아이들에게는 하고 싶은 것에 집중하는 시간들이 필요하다.

나는 회사에서 돌아와 아내를 곁에 두고도 아내에게 집중하지 못했다. 남아있는 회사일, 해야 할 회사일, 써야 할 글, 봐야 할 책, 피드백 줘야 할 컨설팅 자료들이 내 머릿속에 둥둥 떠다닌다. 몸뚱이가 아내 곁에 있다고 진짜 내가 아내 곁에 있는 것이 아니었다. 때문에 아내는 외로웠다. 아내에게도 나에게도 하고 싶은 일들을 하는 시간이 필요했다. 아내에게 하고 싶은 것이 있냐고 물었다. 아내는 없다고 했다. 하지만 진짜 없다기보다 무엇을 하고 싶은지 모르는 눈치였다. 우리는 조금씩 우리가 하고 싶은 일들을 만들어 가기로 약속했다. 서로에게 집중하기 위해서 우리의 시간을 남겨두기 위해서.

아빠, 엄마가 세상의 전부인 아기에게도, 한 사람과 가정을 꾸린 부부 사이에도, 오늘 큰 상처를 받은 친구에게도 그런 시간과 세상이 필요하다. 그리고 온전히 나에게 집중하는 시간도 더불어서 필요하다. 우리에게는 나를 위해 혹은 사랑하는 사람을 위해 해야 할 일을 접어두고 오로지 하고 싶은 것만 하는 날이 필요하다.

온전히 나에게
집중하는 시간과 세상이 필요하다

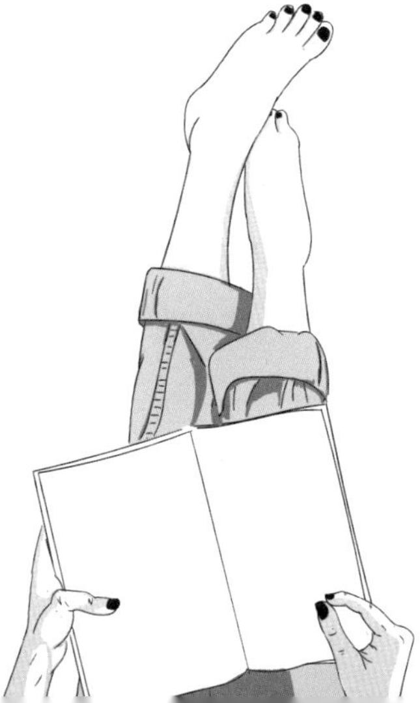

_32

지금의 고난이 한때의 로망이었다

저 사람의 눈길 한 번만 받을 수 있으면 좋겠다, 이 사람의 손 한 번만 잡아봤으면 좋겠다, 이 사람과 눈이라도 마주쳤으면 좋겠다, 이 사람과 연애하고 싶다, 이 사람과 결혼하고 싶다, 이 사람과 단란한 가정을 이루고 싶다, 아들 하나, 딸 하나 낳았으면 좋겠다.'

우리가 그토록 바라던 일들이나 한 사람에 대한 사랑의 결실은 우리의 간절함과 맞닿아 이루어진다. 그 사람과 손을 잡고, 눈을 마주치고, 입맞춤을 하고, 연애를 하고, 결혼하고, 가정을 이룬다. 칼로 시간을 잘라 그것이 이룩되는 시간만 보면 너무나 아름답고 행복한 순간이지만 현실은 꼭 그렇지만은 않다.

수능이 끝나고 그토록 바라던 대학에 입학하면 모든 것이 핑크빛일 거라 생각했다. '이 지긋지긋한 군대만 제대할 수 있다면 내 청춘은 푸르리라. 저 사람과 결혼만 한다면 내 인생은 한없이 행복하리라. 나와 꼭 닮은 아이가 태어나면 무조건적인 사랑을 주며 끊임없이 기쁜 순간을 맞이하리라.' 그토록 바라던 일들이 이루어졌는데, 그것만 이루어지면 모든 것이 좋을 줄 알았는데 한입 베어 문 수박에 뱉어야 할 씨앗들이 한없이 많은 것처럼, 차는 사는 게 문제가 아니라 유지하는 게 문제인 것처럼, 행복할 거라 믿은 순간의 이면에서 자꾸만 닥쳐오는 유지의 과정이 생각보다 잔인하거나 힘이 들었다.

'이룬다'는 것이 늘 끝을 의미하는 줄 알았다. 노력의 산물, 지나간 시간들에 대한 보상, 이제부터 누릴 기쁨의 시간들…. 하지만 무언가를 이룩하고 나면 그때부터 진짜가 시작되었다. 누릴 시간이 없었다. 이룬 것을 지키는 일은 기본이고, 그 상황을 유지하기 위해 다시 또 갖은 애를 써야 했다. 혹은 그 과정을 지나 더 높은 단계로 올라가는 또 다른 시작을 맞이했다. '취직만 하면 내 세상이 올 것'이라는 나의 생각은 신기루처럼 사라졌다. 사원에서 대리가 되면 세상이 달라질 것 같았지만 전혀 그렇지 않았다. 과장이 되면 조금 좋아지겠지 믿었지만 여전히 힘든 건 힘들었다. 그래도 피식피식 한 번씩 웃음이 나는 건 지금 이 순간이 내가 그토록 바라던 순간이라는 것이다. 세상의 모든 기쁨은 고난 속에서 묻어나는 향기 같은 것이다. 잠시 그 향기를 맡은 것 같지만 곧 사라져 버리고 만다. 동화 속의 '행복하게 살았습니다'는 낭만적이다. 현실에서의 사랑은 그렇지만은 않다. 행복하게 살기 위한 진짜 여정이 시작된다. 결혼 전까진 낭만적이지만, 결혼 후에는 현실적이다. 낭만은 노력해야 지켜진다. 인생이 그렇다.

글을 써서 운 좋게 출판이 되었다. 나는 내 책을 쓰고 싶다는 소망을 언제나 가슴속에 품어왔고 그것을 이룬 셈이다. 정식으로 출간되기 전 나에게 전달된 초판을 두 손에 든 그때의 감정을 잊지 못한다. 그렇게 나의 첫 번째 책이 나왔다. 반응도 좋았고 여기저기에서 축하의 인사도 받았다. 생각보다 많이 팔렸고, 수상도 했고, 시간이 흘러도 조금씩 회자되었다. 첫 번째 책이 그렇게 마무리되어갈 때쯤 나는 두 번째 책을 쓰기 시작했다. 그리고 2년이 흘렀다. 다시 책을 쓰려고 앉아도 글이 진행되지 않았다. 써야 한다는 마음으로 쓰니 글이 풀리지도 않았다. 한 번 책을 출판해봤으니 과정이 좀 더 쉬워질 줄 알았는데 전혀 그렇지 않았다. 글을 써놓고 지우고 써놓고 지우고 보이지 않는 벽에 갇혀 있는 느낌이었다. 내가 하고 싶은 이야기가 풀어지지 않았다. 사람들은 틈만 나면 내게 두 번째 책이 언제 나오냐고 물었지만 나는 시원하게 대답할 수가 없었다. 책 한 권을 출판하고 나니, 두 번째 책은 더 좋은 글이어야 한다는 생각에 갇혀 한 문장도 쉽게 쓰지 못했다. 나는 헤맸고 그 과정에서 괴로워했다. 아무 부담이 없었던 그때는 어려운 일이 아니었는데 바램이 이루어지고 나서는 글을 쓰는 것 자체가 고통이 되었다. 나는 작가라고 불렸지만, 글을 못 쓰는 작가가 되어 있었다.

한참이 지나서야 지금 나의 고난이 한때 내가 그토록 바라던 로망임을 알았다. 그냥 글을 끼적거리는 사람이 아니라, 책을 낸 작가로서 글을 쓰고 있는 순간을 말이다. 그런 과정에서 힘들고 지칠 때까지 고민하고 또 고민하는 일은 내게 필요한 과정이었다. 그때 이뤄내지 못했다면 그 순간의 향기도 지금의 고난도 내겐 현실이 아니라 꿈으로 남아 있었을 것이다. 그러니까 만약 당신이 바라던 일을 이루고 현실에 부딪혀 허덕이고 있다면, 우리가 생각했던 길이 아니거나 이 길이 맞는지 의문이 든다면, 그래서 모든 것을 다 그만두고 싶다는 생각이 든다면, 그 고민을 하고 있는 그 순간이 우리가 그토록 바라던 로망이었던 것을 기억해야 한다.

지금의 고난이 한때 우리의 로망이었다. 그리고 그 로망을 지키고 발전시키는 것은 오로지 우리 자신에게 달렸다.

_33

급하면 어제 나오지 그랬어

차를 끌고 나왔다. 평일 오후라 도로가 한산했다. 좌회전을 해 길을 따라가다가 멀리서 신호가 바뀌는 걸 보고 서서히 차를 세웠다. 오른쪽 횡단보도 신호등에 초록불이 깜박깜박거리고 있었지만 횡단보도를 건너는 사람은 없었다. 남은 시간이 줄어드는 것을 멍하게 쳐다보고 있는데 갑자기 뒤에서 신경질적인 클랙슨 소리가 들렸다. 나는 직진과 우회전을 동시에 하는 차선에 서 있었고, 조금 후에 온 차는 오른쪽 깜빡이를 켜놓고 내게 비키라는 신호를 보내고 있었다. 내가 비켜주기 위해서는 정지선을 넘어 직진 라인으로 차를 옮겨야 했는데 그건 엄연히 불법이었다. 그 사이에 몇 초가 더 흘러 이제 곧 신호가 바뀌려고 하는데, 이번엔 하이빔을 깜박거리며 동시에 클랙슨을 울렸다. 나는 괘씸한 마음에 비켜줄 마음도 없었고 그저 차분히 신호가 바뀌길 기다렸다. 신호가 바뀐 후 나는 내 목적지를 향해 계속 차를 이끌었고, 그 차는 우회전해서 자신의 방향으로 갔다. 그러나 그 차로 인해 나빠진 기분은 좀처럼 가라앉히기 힘들었다.

거리에서 울려대는 경적소리는 사람을 놀라게 하고 긴장시키며 조급하게 만든다. 아내와 길을 걷고 있는데 지나가던 덤프트럭이 무슨 일인지 경적소리를 꽤 길게 냈다. 아내는 감당하기 힘든 소리에 놀라 발을 헛디뎠다. 짜증이 치밀어 올랐지만 그 덤프트럭은 이미 시야에서 사라지고 난 후였다. 아내만 놀란 게 아니라, 주변에 있는 많은 사람들이 그 덤프트럭에 시선을 두고 있었다.

어느 날은 후배와 식사를 하기 위해 목적지를 향해 한참을 가고 있는데 앞에 있는 차가 뭉그적거렸다. 필요 없는 부분에서 브레이크를 밟기도 하고 갑자기 서버리기도 했다. 게다가 신호를 받아 기다리는데, 초록불로 바뀐 지 좀 지났는데도 출발할 생각이 없었다. 내 뒤에 있는 차들이 경적을 울리기 시작했고, 옆에 앉아 있던 후배는 가만히 있다가 내게 말했다.

"선배님, 빵 한번 해야 되지 않아요?"

"가겠지."

나도 때론 살짝 클랙슨을 눌러 '가세요'하고 싶다. 도로에서 만나는 답답함은 참기가 힘들다. 그런데 하지 않으려고 노력한다. 다른 때와 달리 운전하는 상황은 생명과 직결되는 부분이 많고 그러다 보니 감정과 연결될 때가 너무 많았다. 내가 손해 보는 건 몇 초 많아봐야 몇 분에 불과하다. 그러니 조금 더 기다려도 괜찮고 정말 위급한 상황이 아니라면 울리고 싶지 않았다.

클랙슨은 그리스어로 '비명'이라는 뜻을 가진 '클랙소'에서 파생된 단어인데 사실 울리는 사람은 모르겠지만, 듣는 사람 입장에서는 정말 비명만큼 큰 소리다. 어쩌면 클랙슨은 차로 인한 비명을 막는 도구로 만들어졌는지도 모르겠다. 세상의 모든 클랙슨이 그렇진 않겠지만, 클랙슨은 원래 '비키세요'가 아니라 '조심하세요'라는 메시지로 울려야 마땅하다. 신경질적으로 빵빵거리면 안 된다.

운전을 오래 하다 보니 이제는 운전을 하면서도 만나는 상대방 운전자의 감정과 태도가 고스란히 느껴진다. 자신의 감정을 참지 못하고 눌러대는 시끄러운 클랙슨 소리에, 차선을 이리저리 옮겨 다니며 빨리 안 간다고 쏘아대는 하이빔에 그들의 감정이 실려 있다. 덕분에 가끔 '미안합니다, 감사합니다'

라고 말하는 비상등은 사람을 슬며시 웃게 만든다.

아는 형님과 오랜만에 만나 형님 차를 타고 이동하는데, 뒤에서 또 차가 빵빵거린다. 가야 하니까 비키라는 거였다. 형님은 싱긋 웃으며 백미러로 그 차를 쳐다보며 나지막이 들릴 듯 말 듯한 소리로 말했다. 그 말 속에서 나는 20년 넘게 운전한 사람의 여유와 위트를 느낄 수 있었다.

"그렇게 급하면 어제 나오지 그랬어."

나는 새어나오는 웃음을 참을 수 없었다.

'그러게, 그 몇 초가 그렇게 급한 거면 어제 나오지 그랬어.'

_34

보지 않아도 되는 것들이 있다

릴레이 회의가 시작되었다. 늘 그렇듯 언제 끝날지 알 수가 없는 회의였다. 같은 이야기를 반복했고 답이 없는 대화만 계속 이어졌다. 한 시간 회의를 하고 나면 10분 휴식, 다시 1시간 회의를 이어나가는 릴레이 회의가 진행되면 숨이 막히고 지쳤다. 그 짧은 10분의 휴식 동안 커피를 허겁지겁 타서 홀짝홀짝 마시며 지친 마음을 위로했다. 뒷주머니에 꽂아두고 확인하지 못했던 휴대폰을 꺼냈다. 그런데 나는 또 머리가 지끈지끈 아파오기 시작했다. 고작 1시간 회의를 끝냈을 뿐인데 읽지 않은 카톡이 무려 244개였다. '뭐지?'하고 열어봤더니 단체 카톡방들에서 온 메시지였다. 재미있는 건 244개의 메시지 중 나에게 한 말은 단 한 마디도 없었다. 두 사람이 한 이야기를 다른 사람들이 봐야 하는 거였다. 나머지 단체 카톡방에 있는 사람들은 보지 않아도 될 이야길 보고 있는 셈이다. 혹시라도 '읽씹'할까 봐 하나하나 끌어올려 읽었다. 멍청한 짓이었다. 결국 단체 카톡방의 메시지들을 읽지 않는 것에 익숙해졌고 내게 한 말들까지 넘기기 시작했다. 다른 사람들은 메시지 옆에 숫자 1이 사라져 읽었다고 생각했지만 나는 의도하지 않은 '읽씹'을 반복하고 있었다. 이런 일들이 잦아지면서 회의든, 대화든 나와 관계없는 말들은 나를 피곤하게 만들었다. 예상이라도 하신 걸까? 아버지는 어릴 적부터 내게 늘 말씀하셨다.

"용건만 명확하게, 간단히!"

'어떻게 사람과 대화를 하면서 용건만 말할 수 있나' 생각했었지만 요즘은 아버지의 말에 공감하지 않을 수 없다. 내 카카오톡에는 '용건만 간단히 하지 않는' 그런 단체방이 20개쯤 있다. 정확히는 내 용건이 아닌 말들이 가득한 카톡방이다. 한동안 전혀 말이 없는 단체방은 사실 이보다 더 많다. SNS 플랫폼이 많아지고 메시지 보내는 것이 비교적 자유분방해지면서 우리는 빠져나올 수 없는 고통에 시달리기 시작했다. 쓸데없이 자꾸 휴대폰을 봐야 했다. 상대방에게는 중요한 이야기인지 모르지만 우리에게 상관없는 이야기가 더 많아서 흘려 넘기는 일이 빈번해졌다. 그리고 자주 그런 행동들이 오해를 불러오기도 했다. 오랜만에 친한 동생을 만나 커피를 마시는데 뜬금없이 동생이 물어왔다.

"오빠, 혹시 내 인스타 전혀 안 봐요?"

"아니, 늘 보고 있는데? 어제 그 레스토랑 갔다 왔잖아."

"근데 왜 '좋아요' 안 눌러줘요?"

"어? 그게…."

당황스러웠다. 나는 '좋아요'를 누르는 게 습관이 되어 있지 않아 확인만 할 뿐 특별히 댓글을 달거나 '좋아요'를 클릭하지 않는다. 그런데 이런 오해를 불러일으킨 것도 모자라 동생은 서운하다고까지 했다. 올리는 건 자유, 좋아요를 누르는 건 의무인 것이다. 관계를 유지하기 위해서는 의무적으로 관심을 끊임없이 표현해주어야 했다.

카카오톡 단체방은 나를 더 속 시끄럽게 했다. 일단 그 방을 나갈 수가 없었다. 보이지 않는 감옥이 딱 이 꼴이었다. 은근슬쩍 나가면, 내가 잠시 한눈판 사이에 다시 끌려들어 와 있었다. 지금은 좀 달라졌지만 나는 늘 탈출을 시도했고 얼마 지나지 않아 다시 끌려들어 왔다. 이건 그나마 괜찮다. 어떤 방은 심지어 나갈 수가 없다. 단체방을 나가면 꼭 그들을 배신하는 것처럼 느껴지고 마치 연을 끊는 것처럼 느껴지기 때문이다. 회의시간에 끊임없이 울려대는 카톡 알림 소리에 잔뜩 기대를 가지고 연 대화창에는 나에게 온 메시지가 없다. 남들의 알 수 없는 대화만 가득 있었다. 진절머리가 난다. 웃긴 건 그런 '알림 지옥'에 있으면서도 사람들의 눈치와 이상한 의리 때문에 머물러 있어야 한다는 거다.

밤 10시가 넘어서 울리는 회사 팀 단톡방은 일과 휴식 시간을 구분하지 못하게 한다. 매일 같이 울려대는 시댁 단체 카톡방은 알 수 없는 압박감을 느끼게 한다. 아이들과 학부모 단톡방에는 누구누구 엄마의 험담만 줄을 잇는다. 싫어하는 사람이 포함되어 있는 단톡방은 쳐다보기도 싫다. 들어가고 싶지 않은 단톡방에 초대되면 내 의사와 상관없이 올라오는 글들을 봐야 한다. 나와 전혀 상관없는 말을 해도 말이다. 이제는 이런 옵션이 필요하다.

'이 메시지는 30초 후에 폭발합니다.'

세상에는 보지 않아도 되는 것들이 생각보다 넘쳐난다.

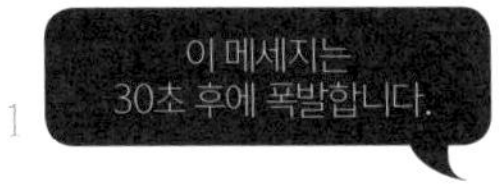

_35

살아내는 용기는 가볍지 않다

눈앞이 캄캄해지는 경험으로 인생의 퍼즐을 하나씩 맞추어 나갈 때마다, 나이 든 사람이 존경스럽기 시작했다. 요즘 들어 시간을 지나온다는 것이 생각보다 쉽지 않다는 것을 많이 느낀다. 특히나 안 좋은 일들이 물밀듯이 밀려오면 말없이 누군가 30cm의 긴 송곳으로 허리를 찌르는 기분이다. 피는 한 방울도 나지 않는데 찔리고, 또 찔리고, 다시 또 찔리는 통에 이제는 그게 너무 싫어서 모든 것을 포기하고 싶어진다. 도저히 해결될 기미가 보이지 않는 일들이 하나가 아니라 여러 개가 몰려왔다. 내가 할 수 있는 게 없어서 그저 당하고만 있었다. 그럴 때가 있다. 막막했다. 재미있는 TV 프로도 눈에 들어오지 않았고 즐겨 하는 게임기는 방치해 둔 지 오래였다. 언제 웃었는지 기억도 나지 않았다. 집에 들어오면 가장 어두운 곳으로 가서 나를 처박아 두는 것 말고는 아무것도 할 수 없었다. 그 와중에 몸도 아파서 40도가 넘는 고열에 시달렸다. 독감이라 누구의 간호를 받지도 못했다. 혼자 죽을 사들고 와서 한술 뜨는데 눈물이 뚝뚝 흘러내렸다. 몇 술 먹지도 못하고 다시 자리에 누웠다. 오른팔에 링거를 놓으러 간호사가 들어왔다. "조금 아플 거예요"라는 말과 함께 주삿바늘이 살을 찌르고 들어오는데 생각보다 너무 아팠다. 몸도 아프고 마음도 아픈데 이건 또 이것대로 아팠다. 반듯이 누워 병원 천장을 바라보면서 생각했다.

'얼른 70살이 되고 싶다.'

젊음은 늘 추앙받는 인생의 혜택이지만, 하루를 전쟁같이 살아내고 나면 어떤 방향으로 살아간다기보다 그저 어떻게 하면 무사히 보낼 수 있는지에 더 목을 매달고 있을 때가 있다. 한 고비를 넘기면 또 더 큰 고비가 나를 노려보며 '좀 쉬었지?'하며 고개를 쳐든다. 70살이 되면 이제 싸워갈 나이가 아니라 내려놓을 나이가 되니까 막연하게 70살이 되고 싶었다. 70살이 되면 또 다르겠지만 지금은 문득 그런 생각이 들었다. 인생을 만들어가는 시기가 아니라 내려놓는 시기가 왔음 좋겠다는 생각 말이다. 그렇게 생각하니 세상에 모든 나이 든 사람이 존경스러웠다. 각자의 고통과 아픔을 견뎌내고 결국 그 시간을 보낸 사람들이다. 어르신들은 이미 지나간 시간이라 "살다 보면 지나간다"고 말씀들 하시겠지만 쉽지 않은 시간이다. 살아내는 용기는 결코 가볍지 않다.

사람들이 스스로 목숨을 버리는 일을 뉴스에서 종종 보게 된다. 아내가 깎아온 과일을 입 속으로 넣으며 "저럴 용기가 있음 왜 죽어? 살지"라는 말을 하곤 했다. 남아 있는 사람들이 아파할 것을 생각하면 절대 해서는 안 되는 행동이라 생각했다. 살아서 또 이겨내야지 왜 저런 선택을 할까 궁금하기도 했다. 그들이 이기적이라고 생각했다. '도대체 어떤 용기가 나야 자신의 삶을 던질 수 있을까'싶었다. 근데 비교할 수 없는 용기였다. 자신을 던지는 용기보다, 살아내려고 마음먹는 용기가 훨씬 더 큰 용기를 필요로 했다. 그걸 견디기 위해서는 물리적으로 자신을 던지는 것보다 어쩌면 더 잔혹하게 자신을 던져야 할지도 모른다는 생각이 들었다. 자신이 없는 것이다. 살아갈 자신이, 감당해낼 자신이. 눈앞이 캄캄한 정도가 아니라 너무 새까매서 한 발짝도 걷지 못하고 주저앉아버리는 건지도 모르겠다. 아픔은 상대적이다. 누군가 때를 놓치지 않고 계속해서 송곳을 허리로 찌른다면 견디며 살 수 있는 사람이 많지 않을 것이다. 감당하지 못할 것을 감당하라고 할 때 영화나 드라마에선 눈을 부릅뜨고 말했다.

"차라리 죽여라!"

그러니 살겠다고 움직이는 사람들을 우리는 응원해야 한다.

가만히 사무실에 앉아 주위 사람들을 돌아보았다. 겉으론 드러나지 않았다. 사람들은 웃고 있기도 했고 인상을 쓰고 있기도 했다. 걸어 다니고 뛰어다니고 정신없어 보였다. 차분히 앉아 오늘 해야 할 일들을 적고 있는 사람도 있었다. 옆 사람에게 '오늘 하루 의지를 가지고 시작해보겠다'며 이야기하는 사람도 있었다. 자신의 삶을 살아내고 있었다. 밉든 못났든 그들은 그들의 방식으로 용기를 내고 있다.

파이팅(Fighting)은 오늘도 하루를 살아내기 위해 싸우는 우리를 위한 응원인지도 모른다.

오늘도 싸우자, 우리의 시간을 살아내기 위해서.

자신을 던지는 용기보다
살아내려고 마음먹는 용기

_36

실패를 위한 박수가 필요하다

이뤄야 할 일이 있을 때 혼자라고 생각하면 외롭다. 나 혼자 싸우고 있다 생각하면 힘이 빠진다. 그래서 같은 목적을 가진 사람들은 커피숍으로, 광장으로 모이길 좋아한다. 그것이 희소성이 있거나 어려운 일이라면 더욱 그렇다. 똑같은 오토바이를 타고 줄지어 가는 사람들을 길거리에서 목격하는 이유도, 취업을 하기 위해 같이 커피숍에 앉아 머리를 맞대는 이유도, 같은 취미를 가진 사람들이 온라인 카페에 모여 사진과 영상으로 서로의 결과물을 공유하는 것도 같은 이유다. 우리는 많은 부분에서 혼자는 외롭고 뭉치면 더 좋은 결과를 만들어 내며 함께하는 사람이 있다는 것에서 안도감을 느낀다.

2010년 겨울, 나도 그런 이유로 사람들과 뭉쳤다. 목적은 취업이었고, 그것은 끝없는 마라톤의 시작이었다. 다들 취업하고 싶은 곳이 있었지만 나는 없었다. 그래서 사실 가고 싶어 하는 곳이 명확한 준비생들 사이에서 내 취업은 애매했다. 그저 나를 받아주는 좋은 회사에 가고 싶다는 막연한 생각뿐이었다. 직무, 연봉 등을 따지기 시작하면 내가 갈 수 있는 회사가 없어 보였다. 복지도 살펴야 했고 집에서 출퇴근할 수 있는지도 생각해야 했다. 그러니 그 폭은 조금씩 더 줄어들기 시작했다. 시간이 지나면서 나의 애매함과 사람들의 애매함이 비슷해지기 시작했다. 하고 싶은 일도, 가고 싶은 회사도 있었지만 결국 '일단 지원'으로 결론이 났다. 장소가 어디든, 직무가 무엇이든, 복지가 어떻고 연봉이 어떠하든 결국 뽑히고 난 다음에 고민할 문제였다.

하루하루가 치열했다. 토익 공부는 기본이었다. 자소서에 대한 서로의 평가, 모의 면접을 통한 실전 연습, 회사마다 다르게 치러지는 직무적성 혹은 인·적성 검사 대비 스터디에 치여 커피 한잔 여유롭게 마시지 못했다. 겨울의 따끈따끈한 군고구마를 즐길 수 없었고 소복이 쌓이는 눈을 낭만적으로 바라볼 수 없었다. 겨울이 깊어지면서 아릴만큼 추워지는 날씨가 애석했다. 그러나 가장 마음이 아픈 것은 끊임없는 지원과

이어서 들려오는 취직 실패 소식이었다. 내가 떨어지지 않았는데도 속상했다. '당신은 인재지만 우리와 함께하지 못해서 아쉽다'는 메일을 받으면 같이 울었다. 막막하기만 한 순간을 같이 견뎌내야 했다. 그러다 보니 어느 순간부터 스터디에서 "어떻게 됐어?"라는 질문은 해서는 안 되는 말이 되었다. 스터디가 스터디가 아니라 참회와 눈물의 시간이 되었기 때문이다.

그 와중에 새로 들어온 P는 굉장히 재미있는 친구였다. 목소리는 청아하면서도 하이톤이었고 눈은 언제나 웃음을 머금고 있었다. 웃을 땐 목젖까지 보이면서 호탕하게 웃는 친구였다. 스터디에 있는 사람들과는 조금 다른 종류의 사람이었다. 아주 작은 것에도 배를 잡고 웃었고 다른 사람의 이야기에 엉엉 울거나 기립 박수를 치는 친구였다. 스터디 모임이 어느새 P에 의해서 굉장히 밝아지기 시작했다. 거기다 영어면 영어, 적성검사면 적성검사, 면접이면 면접 못하는 게 없었다. 순식간에 모임의 중심이 P로 옮겨갔다. 나를 비롯해 많은 사람들이 P의 도움을 받았다. 그런데 이상하게도 한 명씩 합격해 스터디를 떠났지만 도움을 주는 P는 지원하는 취업 시험마다 서류만 통과할 뿐 면접에서 늘 떨어졌다. 스터디원들이 아는 것만 족히 30번이 넘었다. 한두 번씩은 1차, 2차를 통과해도 꼭 최종면접에서 탈락이었다. 그런데도 늘 밝은 P를 보며 우리는 참 P를 아까워했다. 그날도 P는 2차 면접에서 떨어졌다. 그런데 그날은 P가 우리에게 이상한 부탁을 했다.

“내가 지금부터 이야길 할 건데 내 이야기가 끝나면 박수 좀 쳐줘.”

P는 외동이었다. 아빠, 엄마는 늘 바빴고 그래서 혼자 있는 시간이 많았다. 혼자 있다 보니 혼잣말이 많고, 생각을 하다가 혼자 웃곤 했다. P는 자신이 혼잣말이 많은 줄 전혀 모르고 있었다. 취직 때문에 면접을 치르다가 알게 되었다고 했다. 면접에 들어가 다른 사람들이 질문을 받을 때, 본인은 혼자서 다른 생각을 하며 자신도 모르게 생각하는 말들을 입 밖으로 내뱉었다. 면접만 치르고 나오면 사람들이 이상한 눈으로 자신을 쳐다보곤 했는데 몰랐다가 최근에서야 본인이 머릿속 생각을 자꾸 말하고 있다는 사실을 알아차렸다고 했다. P는 굳은 의지로 이 습관을 고쳤다. 다만 P는 그 이후에도 시종일관 신경을 곤두세우며 실수하지 않으려 노력했다. 그런데 이걸 고치고 나니 그다음부터 ‘혹시나 내가 또 그러지 않을까’란 생각에 면접장만 들어가면 주눅이 들고 긴장을 하기 시작한 것이다. 오늘은 이래서, 저번에는 저래서 자신은 결국 아무 말도 못하고 나왔다며 우리들 앞에서 엉엉 울었다. P의 부탁대

로 우리는 조용히 박수를 쳤다. 이상했지만 P의 부탁이었다. P는 계속되는 실패에 박수를 받고 싶어 했다. "'넌 잘하고 있어'라는 위로를 받고 싶었어. 그러면 조금 용기가 나지 않을까 해서…"라고 조심스럽게 말했다. 그날 우리는 P의 말도 안 되는 실패담을 들으면서 호탕하게 웃기도 하고 계속해서 "네가? 진짜?"를 반복했고, 그 정도는 아무것도 아니라며 자신들의 더 큰 실수를 말하며 으스댔다.

이후 우리 스터디에는 재미있는 규칙이 생겼다. 서류에서 떨어졌거나 면접에 떨어지고 오면 그 사람의 이야기를 듣고서 그 사람의 실패에 박수를 쳤다. 멋진 실패였다고, 다음엔 조금 더 멋진 실패에 도전해보자고 우스갯소리를 했다. 누가 더 멋진 실패를 하는지 경쟁했다. 실패가 커질수록 빠르게 스터디원들이 줄어들었다. 서로의 실패에서 배웠고, 결국 취직을 한 것이다. 나는 P보다 빨리 스터디에서 나왔다. 후에 P가 궁금해 알아보니 P도 결국 취직을 했단다.

그때 우리는 면접을 준비하면서 예상 질문에 대한 대답을 적어 연습하곤 했지만 면접 때는 종이를 보며 말할 수 없기 때문에 적은 대로 쉽게 말이 나오지 않았다. 얘기하다 보면 이걸 말이라고 적었나 싶을 때도 많다. 말이 꼬이고 짜증이 치밀어 오르면 우리는 과감하게 종이를 구겨서 휴지통으로 던져버렸다. 그걸 가만히 지켜보던 한 친구가 말했다.

"종이는 구겨져야 날아가는 법이지!"

우리는 구겨지고 있었다. 겉모습이야 어쨌든 P도 그랬고 우리도 그랬다. 다만 그 구겨짐에 대한 격려가 필요했다. P를 통해 알았다. 구겨진 우리가 날아가기 위해서 누군가의 격려 그러니까 '실패'에 대해서도 박수가 필요하다는 것을 말이다.

_37

사람에게 처음은 커다랗게 자리 잡는다

세상 모든 것이 처음이었다. 해본 것보다 해보지 않은 것이 더 많은 시절이었다. 사고가 확장된다는 것은 우리가 자라면서 보게 되는 그 '처음'들이 많아지는 걸 의미한다. 국회의사당보다 로봇 태권 V를 먼저 본 나는 반드시 저 안에 로봇이 있을 거라 믿었다. 달에 대한 과학적 지식보다 '달에 토끼가 산다'는 말을 먼저 들은 나는 지금도 가끔씩 달에서 토끼를 찾는다. 처음 동생이 태어났을 때 내 것을 빼앗길 수도 있다는 생각을 한 것이 지금도 뭔가를 빼앗길 수 있다고 생각하게 한다. 그게 동생이든 아니면 다른 누구라도. 어릴 적 첫사랑은 사랑의 이미지를 만들어 내고 어릴 적 아버지의 무심한 눈길은 아직도 아버지를 조금 어렵게 만든다. 하나로 열을 전부 다 알 수는 없지만 하나가 열을 대변하는 때는 많다. 씨앗 하나가 품고 있는 '처음'은 열매의 결과를 가져온다.

20살이 되자마자 운전면허증을 따고 처음 운전대를 잡은 날 아버지께서 내게 말씀하셨다.

"잘하는 운전이란, 옆에 앉아 있는 사람이 출발하는 줄 모르게 출발하고, 멈추는 줄 모르게 멈추는 거다."

줄곧 아버지의 말이 내 머릿속에 맴돌았다. 실제로 급정거 혹은 급출발하는 운전자의 옆자리에 앉았을 때, 정류장마다 힘을 줘 멈춰서는 버스를 탔을 때 많이 괴로웠다. 그래서 아버지의 말씀이 더 마음에 와 닿았다. 덕분에 나는 운전을 잘한다는 기준이 다른 사람과는 조금 달랐다. 유연하게 운전해 주차할 때 오른팔을 보조석 뒤로 걸치고 한 손으로 멋지게 후방 주차를 하는 것보다, 속도를 내며 이리저리 차선을 바꿔가며 목적지에 더 빠르게 도착하는 것보다, 나는 옆 사람이 편안하게 타는 것이 최고의 운전이라 배웠다. 혹여 급출발을 하거나 급정거를 하는 일이 생기면 바로 함께 탄 사람들에게 사과했다. 그날 나는 운전에 대한 '처음'의 씨앗을 심었고, 내 옆에 타는 사람들에게 편안함이란 '열매'를 주었다.

교육을 하다 보면 '처음'이 아이에게 얼마나 크게 작용하는지를 목격할 수 있다. 그것이 예민한 주제이면 더욱 그렇다. 성교육은 반드시 적기에 제대로 이루어져야 한다. 성에 대한 인식이 올바르게 적립되지 않으면 사건과 사고가 끊임없이 벌어진다. 심지어 자존감을 해치기도 하고 내 몸에서 일어나는 모든 징후들이 어색하고 불편하게 느껴진다. 그게 당연해도 당연한 것이 아니라고 생각한다. 그래서 처음 성에 대한 생각이 강렬해질 때 어떤 씨앗을 심느냐에 따라 성에 대한 생각과 태도가 달라진다.

술도 마찬가지다. 친구들과 몰래 배운 술과 부모님께 정식으로 배운 술은 다르다. 술주정은 성격의 차이가 아니라 술을 배운 환경의 차이라는 말도 있다. 즉, 술을 처음 어떻게 만났느냐에 따라 술에 대해 전혀 다른 인식을 가지게 된다는 것이다. 다만, 많은 부분에서 지금은 예전보다 처음 접하는 것들이 순서에 따라오지 않는다. 미디어를 통해서, 부모를 통해서, 친구들을 통해서, SNS를 통해서, 전혀 모르는 사람들로부터 쉼 없이 접하게 된다. 그러다 보니 절제가 무분별해지고 처음을 선택할 수 없게 되는 일도 많다. 처음 만나는 사물 혹은 사람에 대한 인식이 부족한 채로 시작되는 경우가 있다. 그리고 그렇게 심어진 씨앗은 언젠가 문제가 되기도 한다.

한 엄마가 내게 물어왔다.

"아이에게 휴대폰이나 스마트 패드는 가급적 안 사주고 싶은데 어떻게 해야 하죠?"

"어머니가 안 사주시면 아이는 휴대폰이나 스마트 패드를 접할 수 없나요?"

나는 되물었다. 어머니가 아무리 사주지 않는다고 해도 아이들은 스마트 기기를 얼마든지 접할 수 있다. 부모의 휴대폰을 몰래 가져다 하든지, 친구들에게 빌려 하든지, 너무너무 하고 싶으면 훔쳐서라도 할 것이다. 막을 수 있는 게 아니라는 이야기다. 완벽히 차단할 자신이 없다면 아이와 대화를 통해 스마트 기기의 제대로 된 쓰임새를 알려주고 접하게 해주는 것이 좋다. 물론 그렇다고 아이들이 스마트 기기로 게임을 안 한다거나 보지 말아야 할 것을 안 본다거나 하지 않는다. 여전히 게임도 하고 보지 말아야 할 것을 볼 것이다. 다만 '처음'이란 씨앗이 올바로 싹을 틔우면 쓰임새를 이해하고 절제가 가능해진다. 처음을 선택할 수 있을 때 선택하는 편이 좋다.

사람에게 처음은 꽤나 커다랗게 자리 잡는다. 그래서 '첫'이라는 음절 앞에는 늘 약간의 긴장과 부담감이 느껴진다. 그래서 처음엔 많은 사람들이 서툴다. 실수도 한다. 처음부터 잘하는 사람도 있긴 있지만, 두 번째부터 시작하는 사람은 없다. 그러니 우리 앞에 있는 소중한 사람의 처음을 늘 응원하자. 그리고 우리의 처음을 응원받자. 처음은 누구에게나 공평하게 부담스럽다. 그러니 나부터 먼저 서로의 처음을 지켜주자.

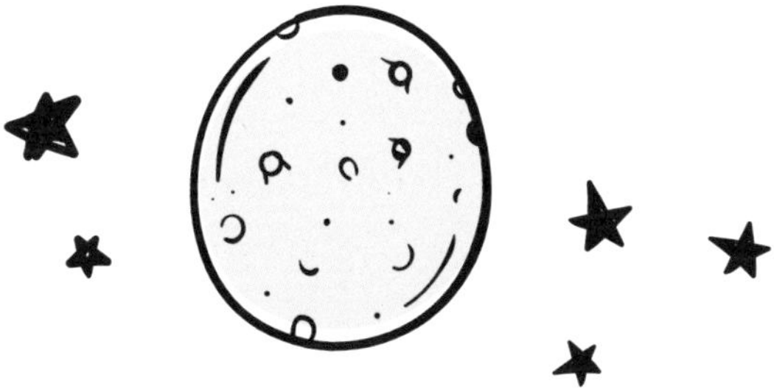

_38

우리는 슈퍼 히어로'였다'

손가락 열 개, 발가락 열 개 그거면 충분했다. 열 번을 울어도 한 번만 배시시 웃는 걸로 충분했다. 우리에게 세상은 아빠와 엄마였고 아주 작은 행동과 말만으로도 세상을 행복하게 할 수 있었다. 분명 엄마 말을 알아들을 수 없는데 알아듣는 것처럼 여겨지고 평범한 상황에서도 우리는 영재와 다름없다. 남들 다 먹는 걸 먹어도 우리는 남다른 사람이었다. 이렇게 해도 최고였고 저렇게 해도 최고였다. 우리는 우리대로 충분히 가치 있고 사랑받을 자격이 있는 사람이었다. 하는 모든 일이 기록이었고 그 기록이 경신될 때마다 여기저기서 탄성이 흘러나왔다. 처음 엄마, 아빠 앞에서 노래를 불렀을 때, 엉망인 우리 노래에 엄마는 감동의 눈물을 흘리고 아빠는 최고라며 만세를 불렀다. 어린이집에서 그림만 그려 와도 커서 화가가 되어야 했고 일기만 써도 작가가 될 수 있었다. 우리의 꿈은 늘 언제나 과학자, 대통령, 선생님 등 다양하고 화려했다. 학교에 가려고 가방을 멘 날 우리의 엄마, 아빠는 눈물을 뚝뚝 흘리며 감동했다. 잘 자라줘서 고맙고 똘망똘망한 눈빛으로 "학교 다녀오겠습니다" 인사하는 자식을 기특해했다. 우리는 못하는 게 없었고, 못하는 게 있어도 그 나름대로 의미가 있었다. 우리는 세상에 웃음을 주는 존재였고 언제까지나 그럴 거라 믿었다. 우리는 슈퍼 히어로'였다.'

요즘 들어 자기 자신에게 확신을 가진 사람을 보기가 힘들다. 크면서 우리가 생각한 방향과 나의 방향이 다르다는 것을 인식하는 순간부터였던 것 같다. 나 스스로에게 실망하기 시작했다. 기대에 미치지 못하는 나를 볼 때마다 아팠다. 나는 내가 생각하는 내가 되는 것이 참 힘들다고 느꼈다. 거울 앞에 선 나는 늘 내가 원하는 몸매가 아니었다. 의지도 박약해서 다이어트를 시작해놓고도 금방 때려치웠다. 밤늦게 라면을 끓여먹고 치킨을 맛있게 시켜먹고선 아침에 일어나면 어제 참지 못했던 내 자신을 미워했다. 공부를 하겠다고 계획표를 세워놓고 하나도 못 지키는 나에게 당황스러웠다. 그러면서도 고치지 못하는 나에게 화가 났다. 용기를 내 좋아하는 여자아이에게 "나 너 좋아해"라는 말을 졸업하는 순간까지 하지 못하기도 했다. 여러 친구들이 한 친구를 괴롭히는데 나서서 돕지도 못했다. 비겁하고 옹졸하고 못생기고 뚱뚱했다. 잘하는 것도 없으면서 목소리만 컸다. 친구들과 아무것도 아닌 일로 싸우고 문제를 일으킬 때 나의 세상인 엄마와 아빠가 눈물을 보이시기도 했다. 내 인생은 초라해졌다. 한 모금 마신 후에 내버려둔 콜라처럼 탄산이 빠지기 시작했다.

어릴 때는 누구나 자신감이 넘친다. 세상의 찬사와 감탄을 한 몸에 받는다. 태어난 것만으로도 신기하고 다채롭고 영광스럽다. 존재가 기쁨이 된다는 것을 세상에 보여준다. 하지만 나이가 들면서 조금씩 나에 대한 의심이 시작된다. 우리는 그렇게 영광스럽지도 신기하지도 않은 존재라는 것을 자각하기 시작한다. 그렇게 나 스스로를 의심하기 시작하면 조금씩 조금씩 할 수 있는 것들이 줄어든다. 심지어 할 수 있는 일도 하지 않으려 한다. 나 스스로가 의심스럽기 때문이다. 잘하고 있고 누군가 잘하고 있다 말해줘도 그 말을 있는 그대로 받아들이지 못한다. 의심하기 시작한 나를 믿는 일은 어렵다. 그 시간이 지속되면 내가 작아지는 것을 느낀다. 나의 부정적인 면에 더 집중하게 되고 무슨 일을 하든 '내가 잘할 수 있을까?'

부터 떠올린다. 하기 전까지는 아무도 모른다는 것을 망각한다. 존재만으로 세상을 기쁘게 했던 우리였다는 사실을 자꾸 까먹는다.

자신에 대한 확신을 가지는 사람들이 있다. 작곡가가 꿈이었던 싸이는 자신의 노래에 대한 가치를 알고 스스로 부른다. 후에 결국 그는 월드 스타가 되었다. 그는 잘생기지도 노래를 엄청 잘하지도 않는다. 하지만 사람들은 그의 춤사위와 음악, 노래에 열광한다. 김병만은 개그 프로그램에서 '달인'이라는 코너를 꾸준히 계속하며 작고 단단한 자신만의 이미지를 활용해 정글로 떠났다. 그는 지금도 '족장'이라는 호칭을 달고 한 방송에서 오랫동안 사람들에게 사랑받고 있다. 영상 크리에이터인 디바제시카는 회사 일을 하면서 아프리카 방송을 시작해 처음에는 영어를 알려주는 역할을 했지만 점점 그 콘텐츠를 넓혀 지금은 전 세계의 다양한 주제로 소통하는 100만 유튜버가 되어 있다. 그녀는 예뻤다. 그리고 스스로를 아끼고 사랑했다. 무조건 예쁘고 잘생기고 획일적인 능력을 가진 사람들이 사랑받는 시대는 조금씩 저물고 있다. 생긴 것과 상관없이, 무엇을 가지고 있는지 상관없이, 그냥 '나'라는 사람으로, 자신에 대한 믿음을 조금씩 쌓아 올려가는 사람들이 사랑받고 있다. 그리고 그런 사람들은 TV속에만 있는 것이 아니라 우리 주변에도 많다. '스스로를 사랑하라'는 흔한 말이 아니라 우리가 모두 슈퍼 히어로였다는 사실을 기억해내야 한다.

나는 '뽀빠이'를 좋아했다. 그는 외계인도 아니었고, 잘생기지도 않았다. 파이프 담배를 입에 물고 온갖 어려움을 겪으면서도 특유의 낙천적인 성격으로 그것들을 이겨냈다. 그에게는 사랑하는 여자 올리브가 있었지만 그의 연적이자 뽀빠이보다 훨씬 덩치도 큰 부르터스가 등장해 그를 괴롭혔다. 뽀빠이는 위기에 처했을 때 시금치를 먹고 초인적인 힘을 발휘한다. 그가 먹고 힘을 내는 음식은 평범했고, 세상을 구하는 영웅도 아니었지만 뽀빠이는 딱 한 명, 사랑하는 올리브의 영웅이었다. 그것을 잊지 않았다.

태어난 순간부터 지금까지, 당신은 누군가의 영웅이다. 당신만 까먹었다. 그러니 자신감 넘쳐도 된다. 잊지 말아야 한다. 우리는 슈퍼 히어로 '였다.'

태어난 것만으로도
존재의 기쁨이 된다

_39

사람들의 기대를 가슴에 단 사람들

2018년 6월 한국과 스웨덴의 경기가 펼쳐졌다. 4년 만에 하는 월드컵인데도 사람들의 관심은 예전 같지 않았다. 2002년 월드컵 이후에 우리나라가 16강에 접어든 건 딱 한 번이었다. 좋은 성적은 아니었기에 사람들은 큰 기대를 하지 않는 분위기였다. 하지만 막상 경기 당일이 되자 결국 TV를 틀었다. 많은 사람들이 TV 앞에 모여 앉아 한국 축구에 관심을 기울이기 시작했다. 스웨덴과의 경기 10분까지는 내용이 나쁘지 않았다. 박빙의 승부를 펼친다고 생각했다. 하지만 한 선수가 옐로카드를 받으면서 경기 내용은 급냉각되기 시작했고 급기야 후반전에 페널티킥을 주고 말았다. 골키퍼의 선방이 연속적으로 이루어지지 않았다면, 그날 우리는 더 큰 점수 차로 스웨덴에게 패했을지도 모른다.

경기가 끝난 후 인터넷은 갑론을박으로 뜨거웠다. 어떤 선수는 수영해서 한국 와라, 당장 퇴출해라 등등 입에 담을 수 없는 댓글들이 인터넷을 뒤덮었다. 끊임없이 나오는 스포츠 관련 보도들은 한국의 문제점을 지적하는 데 앞장서기 시작했고 이것은 실수를 한 한두 선수에게 총구를 겨누는 일까지 벌어졌다. 심지어 최고의 실력을 보여준 골키퍼에 대한 관심이 다른 방향으로 흐르며 눈살을 찌푸리게 하는 상황도 벌어졌다. 나는 사실 경기가 시작되기 전까지 그런 골키퍼가 있었는지도 몰랐다. 누가 잘하고 누가 못하는지도 몰랐다. 경기를 흥분하면서 봤지만 내가 이렇다 저렇다 할 만큼 선수들에 대해서는 아는 바가 없었다. 그저 그들이 가슴에 태극기를 달았다는 이유만으로 시청했고, 사람들은 그 이유만으로 그들에게 책임을 묻고 욕을 했다. 우리가 단 한 번도 그들의 가슴에 단 태극기에 도움을 준 바가 없으면서도 섣부르게 행동했다. 모두가 그러진 않았지만, 몇몇의 날카로운 말이 그들을 찔렀다. 사실 그들의 죄(?)는 가슴에 태극기를 달고 경기에 임했다는 것 말고는 없었다.

그들의 훈련이 체계적이지 않았을 수도 있다. 몸을 아끼면서 경기에 임했는지도 모른다. 단합력이 부족했을 수도 있다. 하지만 무엇이 문제인지는 제쳐두고서라도 세계 무대에서 대충 뛰지는 않았을 것이다. 그 누구보다 잘하고 싶었을 것이다. 그럼에도 첫 번째 경기에서 이기지 못했다. 우리는 앞다퉈 돌을 던지기 시작했다. 경기가 끝나고 연일 죄송함을 말하는 선수들의 말과 표정에 가슴이 아렸다. 가쁜 숨이 아직 채 가라앉지도 못했는데 숨을 들이키며 눈물을 흘렸다. 사실 자신들의 일인 것이다. 근데 왜 우리한테 미안한 것인가. 우리가 한 것이라곤 내준 것 없이 기대한 것뿐이다. 그런데도 그 기대를 가슴에 단 사람들은 밤낮으로 그렇게 자주 미안해했다.

기대하라고 이야기하지 않았다 하더라도 그건 자신감의 표현이었다. 자신감을 표현했다고 비난을 해도 괜찮다는 건 아니다. 그런데도 기대에 미치지 못하는 상황이 벌어지면 너무 쉽게 사람들로부터 비난이 돌아왔다. 어쩌다 어른이 되었는데 어른스럽게 행동하란다. 나는 아직 덜 자란 것 같고 더 배워야 할 것 같은데 이런 것도 모르냐고 구박한다. 모를 수도 있는데 그것 하나로 내 모든 시간을 싸잡아서 한순간에 의미 없게 만든다. 기대가 큰 만큼 실망도 큰 법이라지만, 기대를 키운 건 나보다 항상 나를 바라보는 쪽이 더 많았다. 관심도 없다가 어느 순간에 갑자기 커진 기대는 나의 가슴을 무겁게 했다. 학생 때는 학생 나름대로의 기대를 받았고, 지금은 직장인으로서, 남편으로서 기대를 받는다. 그리고 그런 기대를 가슴에 매달고 나면 자꾸만 고개를 숙이게 되었다. 기대라는 것은 내가 잘하면 잘할수록 커져서 결국은 기대를 저버리는 일을 만들어 내고야 만다.

불이 나면 소방관도 그 불길이 무섭다. 그 불 속에서는 모두 다 사람이다. "그래도 소방관이니 불 속으로 뛰어들어야지!"는 억측이다. 평소에 그들이 사람들을 구할 수 있도록 도와주지도 못한 우리가 할 말은 아닌 것 같다. 밤과 낮을 가리지 않고 우리가 사는 세상을 지키는 경찰관도 마찬가지다. 경찰 한 명이 지켜야 하는 국민의 수는 519명이라고 한다. 수많은 장난전화에도 진지하게 응해야 하며 누군가를 지키기 위해 위험한 상황에 몸을 던져야 한다. 가슴에 기대를 단 사람들에게는 따짐 없는 응원이 필요하다.

보이든 보이지 않든 가슴에 달린 기대에는 그 무게가 있다. 그리고 그 무게는 상상 이상으로 크게 다가온다. 월드컵 대표팀은 마지막 경기에서 결국 세계 1위 독일을 이겼다. 사람들은 우리가 독일을 이길 가능성은 1%라고 했다. 말도 안되는 기적이 벌어진 것이다. 대한민국은 떠들썩했고, 그들의 마지막 경기에 환호했다. 하지만 한편으로는 씁쓸했다. 그들을 이기게 만든 것은 국민의 응원이었는지, 아니면 비난이었는지 조금 헷갈렸다. 경기가 끝나고 다시 목이 메어 울면서 인터뷰하는 선수들을 보며 응원만 해주지 못해서, 잘할 수 있다고 믿어주지 못해서, 우리에게 그러한 권한이 없다는 것을 늦게 깨달아서 미안했다. 주위를 돌아보면 우리도 모르게 우리의 기대를 받고 있는 사람들이 있다. 당연한 것처럼 그 기대를 가슴에 달고 살아가고 있다. 나와 당신을 포함해서 마음을 담아, 그들에게 묵묵한 '응원'을 보낸다.

"덕분에 또 살아갑니다."

_40

천 원에 우리 목숨 걸지 말자

나는 편리한 게 좋다. 아껴야 잘산다지만 난 아끼면서 스트레스 받는 게 더 힘들다. 우리 집에서는 아내가 플러그를 뽑고 다니면 나는 플러그를 꼽고 다니고, 아내가 불을 끄면 나는 불을 켜고 다닌다. 나는 생각 없이 살지만 아내는 생각이 깊다. 낭비하지 않고 아껴서 버리는 것 없이 살아가는 것이 몸에 배어 있다. 나는 "억지로 먹지 마라, 작은 것에 목숨 걸지 마라, 편하게 살아라"계속 이야기하지만 사실 모든 면에서 그런 것은 아니다. 오만 원, 십만 원은 잘도 쓰면서 이상한 데서 쓸데없이 아끼다가 낭패를 보기도 한다.

내가 가장 쓸데없이 아끼려고 하는 것은 기름값이다. 모든 주유소마다 기름값이 다르다. 어떤 주유소는 도대체 저 가격에 팔면 누가 기름을 넣나 싶을 정도로 비싸고, 최저가의 주유소를 만나면 너무 반가워서 이미 차에 기름이 있는데 넣기도 했다. 한번은 그 최저가 주유소를 찾다가 낭패를 보았다. 차는 이미 출발할 때부터 주유 경고등이 깜박거리고 있었다. 어디쯤 넣어야 할지 대충 머릿속에 그림은 그려졌다. 그런데 막상 그 장소에 도착했을 때 내가 생각하던 기름값보다 정확히 28원이 비쌌다. 사실 기름값 28원이면 꽤 차이가 많이 나는 편이다. 나는 조금만 더 가면 알뜰주유소가 있다는 생각에 주유소를 지나쳤다. 알뜰주유소까지는 33킬로미터였고, 나는 혹시나 하는 마음으로 조심스럽게 연비 주행을 했다. 초조하고 식은땀이 났다. 만약 가다가 서면 강의에 늦을 수밖에 없는 상황이 벌어지기 때문이었다. 28원 때문에 모험이 시작된 것이다. 정속도로 주행하면 아슬아슬하게 도착할 것이라 믿었다. 그런데 결국 우려하던 일이 터지고 말았다. 차가 도로 한 중간에 서버린 것이다.

보험회사에서 출동해 긴급 주유를 하고 나서야 차는 다시 움직이기 시작했고, 8킬로미터 떨어져 있던 주유소에 겨우 도착했다. 그곳은 이전보다 27원이 저렴했다. 나는 리터당 27원을 아끼고 강의에 늦었다. 끝내 강의는 취소되었고 나는 그날 돈을 벌지 못했다. 리터당 27원 차이라고 해봐야 내 차에는 60리터 정도의 기름이 들어가니 앞에 주유소에서 편하게 기름을 넣고 늦지 않게 강의를 도착했다면 나는 단지 약 1,300원 정도를 더 썼을 것이다. 그날 하루는 무탈했을 것이고 어떤 일도 일어나지 않았을 것이다. 이 모든 일은 리터당 27원 때문에 벌어졌다. 그런데도 이상하게 그 이후로도 1원이라도 더 싼 주유소를 찾으면 기분이 좋았고 조금만 비싸도 얼굴을 찌푸렸다.

세상은 언제나 작은 것들이 모여 큰 것이 된다. 어릴 적 배운 '티끌 모아 태산'은 틀린 말이 아니다. 다만 내가 그 티끌을 인식하고 있으면, 티끌 모아 티끌이 된다는 것도 살면서 배웠다. 즐겨 마시던 음료보다 천 원이 싸다는 이유로 다른 음료를 샀다가 맛이 내 취향이 아니어서 죄다 버린 적도 있다. 두 개를 사면 하나를 더 준다기에 쓸데없이 한 개를 더 사서 결국 두 개를 버렸다. 현명함을 가장한 멍청함이었다. 아끼는 게 좋지 않다는 이야기가 아니다. 사소함이 더 큰일을 만들기도 한다는 것이다. 조금은 느슨해져도 괜찮은 세상이다. 그것 말고도 고민할 것이 산더미다. 싸게 기름을 넣고 싶다면, 경고등이 안 들어오게 하든가 아니면 그냥 가장 가까운 주유소에 들어가서 넣자. 그게 싸게 먹힌다.

쓸데없이 아끼다가
낭패를 보기도 한다

_41

웬만하면 기억해야 이롭다

잘 챙기는 사람에게도 수많은 기념일은 숙제와도 같다. 서로를 위해 특별한 날을 만들어 챙기기 위한 날임에도 쉽지 않다.

어버이날이 되어 아내와 나는 양쪽 부모님께 용돈을 드리는 것으로 입을 맞추고도, 그냥 용돈만 드리면 서운해 하실 것 같아 용돈과 함께 드릴 선물을 이것저것 찾아보았다. 의미도 있으면서 실용성 있고, 가격은 부담스럽지 않으면서 어른들이 좋아하실 만한 것이 무엇인지 고민했다. 한 해는 케이크를 직접 만들어 가져가기도 했고, 좋아하시는 양갱을 만들어 가기도 했지만 매번 새롭기가 참 힘들었다. 이런 날이 일 년에 한 번뿐이라면 얼마나 좋을까. 챙겨야 할 사람이 한 명이라면 덜 고민해도 될 것이다. 결혼을 해 가정을 이루고 나니 생일만 해도 일 년에 몇 번씩이다. 일 년에 두 번씩 찾아오는 명절은 또 다른 면에서 고민해야 한다. 이건 어디까지나 공식적인 일들이고, 거기에 더해 우리가 스스로 만들어 놓은 기념일들도 있다. 결혼기념일, 만난 지 며칠 되는 날, 기타 등등…. 우리가 만들지는 않았지만 문득문득 찾아오는 밸런타인데이, 화이트데이, 빼빼로데이는 또 어떤가. 누가 이런 많은 날들을 만들어 놓은 건지 원망스러울 정도로 챙겨야 할 날이 많다. 가끔 기념일을 놓치기라도 하면 감당하기 힘들어지는 경우도 있다.

한번은 내 생일을 까먹은 아버지, 어머니께 삐쳐서 화를 냈다. 생일 선물은커녕 미역국도 끓여주시지 않으셨다. 그 흔한 케이크도 없었다. 친구들은 생일이면 가족끼리 놀러 간다거나 선물을 받으며 즐겁게 보내는데 나는 생일이 늘 여름방학이었고 더웠다. 그러다 보니 까먹고 그냥 지나가는 일들이 종종 벌어졌다. 그래서 그날은 억울하고 슬퍼서 아버지에게 따지듯 심통을 부렸다.

"아빠, 오늘 내 생일인데 생일 선물도 안 사줘요?"

나는 아버지가 미안해하실 줄 알았다. 그런데 아버지는 눈을 동그랗게 뜨고 오히려 더 서운하다는 듯 약간의 감정 섞인 말투로 내게 이야기하셨다.

"네 생일날은 엄마가 배 아파 널 낳고, 아빠가 너에 대해 책임을 지기 시작한 날이다. 네가 태어난 건 축하받을 일이지만, 미역국을 먹어도 엄마가 먹어야 하고, 선물을 받아도 아빠와 엄마가 받아야 되는 거 아니냐? 네 생일 선물 사달라고 이야기할 때가 아니란 이야기다. 네가 엄마를 위해 미역국을 끓이고 아버지, 어머니께 '낳아주셔서 감사합니다'라고 말해야 되는 날이 네 생일이다."

나는 그날부터 매년 내 생일 때면 아버지, 어머니께 전화를 드려 "낳아주셔서 감사합니다"라고 인사하고 있다. 그렇게 인사드리고 나면 기분이 참 좋아진다. 그리고 그날부터 나는 내가 챙겨야 하는 날이 하나 더 늘었다. 그래도 챙길 수 있는 날이 있다는 것, 그럴 사람이 내 곁에 있다는 것은 행복한 일이다. 신경 쓰이고 어렵지만 마음을 표현하고 나면 따듯해진다. 행복해하는 사랑하는 사람의 모습을 보면 웃게 된다. 받는 것보다 주는 것이 더 뿌듯하고 기분이 좋다. 무엇인가를 기념하기 위해 만들어 놓은 날은, 거창한 선물을 하거나 선물을 기대하라는 것이 아니다. 그날을 통해 지난 시간을 떠올리거나 지금의 시간을 더 가치 있게 만드는 시간을 가지는 것이다.

거기에 꼭 비싼 선물과 분위기 있는 레스토랑이 필요한 건 아니다. 챙길 사람과 챙겨 줄 사람이 제일 중요하다. 그래서 웬만하면 그날들을 기억하면 이롭다.

_42

자신의 잘못을 상상력으로 채운다

"잘못했어. 응? 진짜 잘못했어."

늦었다. 너무 많은 것을 재었다. 그러면 안 됐다. 바보 같이 그 순간에도 나를 먼저 살폈다. 여기서 인정하면 내 자존심이 허락하지 않았기 때문이다. 여기서 미안하다고 말하면, 앞으로 모든 것을 이렇게 해줘야 할 것 같았다. 잘못했다고 말하면 지금까지의 모든 것을 인정하는 꼴이 된다. 그래서 잘못했다고 말할 수 없었다. 생각보다 너무 많은 것들이 내 발목을 부여잡았다. 미안한데 미안하다고 말하지 않았고 잘못을 해놓고도 "내가 뭘 잘못했냐?"며 따졌다. 하지만 당당하게 대응

한다고 해서 내가 인식하고 있는 내 잘못이 사라지지 않는다. 내가 잘못이라 생각하지 않았기 때문에 상대방을 기만하고 있지 않다고 생각하면 안 된다. 때로는 우리가 우리를 속인다. 그게 잘못인 줄 알면서도 모르는 척한다. 내 잘못이 분명한데도 쉽게 인정하지 못했다. 그건 쉽지 않다. 바보 같이 그게 나 자신을 지키는 일이라고 생각한다. 남의 잘못은 잘도 잡아내면서 나를 올바로 보는 일은 불편했다.

스스로에게 관대한 사람들이 많아지고 있다. 자신의 하루에, 자신의 한 달에, 자신의 태도와 말에 관대하다. 나는 그 말에 상처받지만 다른 사람은 상처받지 않을 거라 생각한다. 나는 그 행동을 해도 괜찮은 사람이지만, 다른 사람은 절대 하면 안 된다. 잣대를 상대방에게는 잔혹하리 만큼 날카롭게 세우면서도, 스스로가 인정해야 할 자신의 잘못에 대해서는 한없이 관대하다. 자신의 잘못을 상상력으로 극복한다.

가끔은 거울을 보는 것이 싫을 때가 있다. 주름살이 많아진 것 같고 피부는 거무죽죽하다. 뭘 입어도 태가 안 난다. 왁스를 발라도 지저분해 보인다. 그러면 거울을 보기 싫다. 반대로 지하철을 기다리며, 검은 유리 밑으로 비치는 나를 보는 것은 좋다. 꽤나 잘생겨 보인다. 몸매도 늘씬해 보인다. 머리도 단정해 보인다. 그래서 난 지하철을 타기 전에 기차가 오지 않은 플랫폼 유리에 나를 비추는 것을 좋아한다. 그 유리에는 내가 자세히 보이지 않기 때문이다. 나는 흐릿하게 보고 싶고 남은 뚜렷하게 보고 싶어 한다. 나를 뚜렷하게 바라보면 불편하다. 누군가 뚫어져라 바라보면 아무 일도 없이 내 얼굴에 뭐가 묻었는지 살핀다. 상대방의 오랜 시선이 불편하다. 내가 낱낱이 파헤쳐지는 기분이 들기 때문이다.

사람들의 화장은 조금씩 더 진해지고 옷도 화려해진다. 다양한 페르소나를 쓴다. 내가 상상하는 나의 모습으로 만들고 싶어 하는 것이다. 나의 단점을 보이고 싶지 않다. 인정하고 싶지 않다. 지하철의 검은 유리에 나를 비추는 것이 나를 행복하게 하는 이유는, 보이지 않는 나머지 디테일한 것들을 내 상상으로 채워 넣기 때문이다. 그러나 스스로 썩 마음에 드는 내가 되려면, 불편함에도 불구하고 나를 뚜렷이 잘 보아야 한다. 햇살이 집 안을 비추어야 비로소 집 안의 먼지가 보인다.

잘못은 나 스스로 거울을 보는 것과 같다. 다른 사람은 다 속일 수 있을지 몰라도 나를 가장 뚜렷하게 보는 건 나 스스로니까. 불편하고 부담스러워도, 내가 한 잘못에 대해서 상상력을 발휘하면 안 된다. 여기저기 끼워 맞추면 안 된다. 보이지 않는 것을 보이는 것처럼 굴면 안 된다. 그럼 우리의 잘못이 왜곡된다. 내가 동의할 수 있는 잘못이라면, 빠르게 인정하는 편이 좋다. 미루고 타협하는 순간에도 우리는 스스로 못나진다.

잘못을 인정하는 것은 어렵다. 다만 어려운 일은, 더 어려운 일을 막아낸다. 우리의 잘못에 대해 잘못했다고 말할 수 있어야 한다. 인정해야 다음이 생긴다.

_43

착한 사람 되려다 다 망친다

싫은 것을 싫다, 그만했으면 좋겠다고 생각하는 것을 그만했으면 좋겠다고 말했더니 어느 순간 나는 속 좁은 사람이 되어 있었다. 내 괴로움은 아무것도 아니고 상대방은 자신이 한 행동에 대해선 별 생각이 없었다. 작은 것에 신경 쓰는 나만 예민한 사람이 되었고 나만 이상한 사람이 되어 있었다. 그래서 아쉬운 내가 참아야지 했지만 기분이 금방 풀어지진 않았다. 참다못해 "도대체 왜 그러냐. 싫다고 도대체 몇 번 말했냐. 그만하라"고 말했다. 그랬더니 돌아오는 말은 내 숨을 차게 만들었다.

"뭐 그런 걸 가지고 그래?"

말하는 것조차 쉽지 않은 일이다. 부당한 대우에 대해서, 싫고 신경 쓰이는 것에 대해서 감정을 표현하는 것조차 쉽게 용인되지 않는 세상이다. 정말 용기를 내서 침착하게 상대방에게 진지하게 말했다. 그런데도 대수롭지 않게 여긴다. 상대방은 "그러니까 앞으로 안 하면 되는 거지?" 툭 말하고선 뒤돌아섰다. 그 사람이 꼴도 보기 싫어졌다. 남의 감정에는 관심조차 없다는 게 느껴졌다. 싫다는 말을 하는 데까지 마음을 졸인 내가 어리석게 느껴졌다.

직장 동료였던 L은 정말 사람이 좋았다. 진짜 말 그대로 좋기만 했다. 사람들은 금방 조직 안에서 L이 그런 사람이란 걸 눈치 챘다. 그리고 착한 그를 이용했다. 나는 다른 부서여서 잘은 알지 못했지만, 꼭 예전에 나를 보는 것만 같아서 결국 충고를 했다.

"착한 건 좋은데, 그게 전부는 아니야."

주제 넘는 충고였지만 그게 전부가 아니라는 것을 그도 곧 느꼈다. L은 참는 게 습관이 되어 있었다. 좋은 사람이 되고 싶었고, 괜히 이야기해서 관계를 불편하게 만들고 싶지 않아 했다. 게다가 부당한 행동을 하는 사람들에게 말을 해도 사람들은 귀담아듣지 않았다. 그래서 차라리 상종을 하지 않는 게 상책이라고 생각했다. 어떤 행동도 하지 않고 그저 흘려버리기로 했다. 마음을 쓰고 신경을 써봐야 손해는 늘 L의 몫이었다. 그러면 대충 지나갈 줄 알았다. 그런데 사람들은 그런 L을 점점 더 쉽게 여기기 시작했다. 경우 없는 사람들이 무턱대고 L에게 부탁하는 일이 잦아졌다.

"이런 거 L씨가 잘하지? 부탁 좀 할게."

"L씨, 시간 괜찮지? 이것 좀 해줘. 3시까지야."

"L씨, 부장님한테 이것 좀 가져다줄래요?"

말도 안되는 일이 벌어지고 말았다. L은 이제 와서 누구한테 하소연을 하기도 애매했다. 말을 하면 속 좁은 사람이 되는 것 같았다. 사실 부탁만 놓고 보자면 그리 무리한 부탁들은 아니었다. 하지만 L의 입장에선 곤란했다. 자신의 일을 할 수가 없었고 매번 부탁을 들어주기도 힘들었다. 남의 일을 다 처리해주고 나서 돌아오는 "고마워요"라는 빈말은 전혀 위로가 되지 않았다. 결국 L은 회사를 그만두었다.

내가 다른 사람에게 어떻게 비춰질까를 고민하기 시작하면 우리는 우리의 생각을 제대로 전달하기 힘들다. 주춤거리게 된다. 그 말이 가져오는 파장을 감당할 자신이 없기 때문이다. 그래서 우리 주변에는 그저 감내해내려는 사람들이 많다. 그런 사람들은 조금씩 표정이 죽는다. 자존감이 떨어지고 소극적인 "예스"만 남발하는 사람이 된다. 때로는 나를 위해 나쁜 사람이 될 필요가 있다. 불편하고 아프고 괴로우면 그 사람이 알아들을 때까지 이야기하고 또 이야기할 수 있어야 한다. 상대방의 감정을 생각해서, 어차피 들어주지 않을 거라고 포기하면 안 된다. 틀린 것과 다른 것은 엄연히 다르다. 다른 건 이해하더라도 틀린 건 틀렸다고 이야기해줘야 한다. 그게 순간 치사해 보이더라도, 그게 이기적으로 보이더라도 말하는 게 너무 부담스럽더라도 내가 나쁜 사람처럼 보이더라도 해야 한다. 그 순간 덜 치사하고 덜 나빠 보이려다 다 망친다.

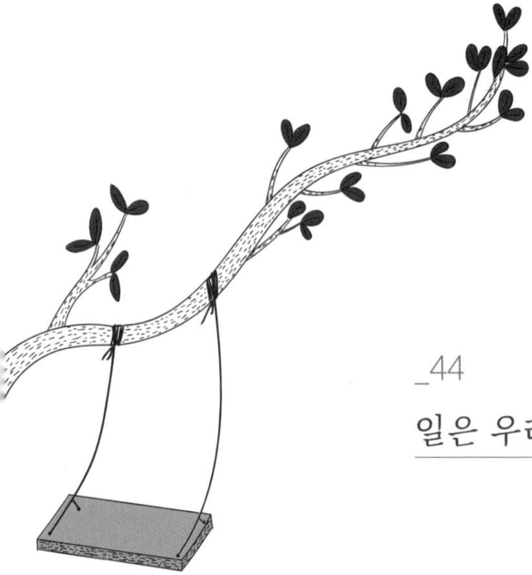

_44

일은 우리를 자유롭게 한다

6시 30분에 일어나려면 알람을 최소한 2번은 맞춰야 한다. 6시 20분에 한 번, 6시 30분에 한 번. 그렇게 맞춰놓고도 일어나는 게 어렵다. 몸을 기어코 일으켜 세웠다. 침대에 걸터앉아 다시 5분을 보낸다. 두 발로 지면에 선다는 것이 새삼 어렵게 느껴진다. 몸을 이끌고 욕실에 들어가 뜨거운 물을 틀고 몸을 구겨 넣는다. 뜨거운 물이 몸을 적실 때쯤 겨우 잠이 깨는 듯하다. 대충 씻고 나와 옷을 갖춰 입고 집을 나섰다. 시동을 걸고 출발했다. 차를 타고 가는 동안 계속 비몽사몽이다. 아침은 걸렀고, 속은 비어있는데 커피 한잔이 생각난다. 이러다 잠들겠다 싶으면 그때쯤 회사에 도착한다. 오늘의 일이 또 시작된다.

일은 인생의 많은 부분을 차지한다. 일이 없을 때는 일을 찾아 헤매고, 일이 있을 때도 일을 찾아 헤맨다. 우리의 삶은 많은 부분 일에 메여있다. “즐기는 것을 직업으로 삼지 말라”는 말이 있을 만큼 일은 사실 대가를 기반한 노동이기에 힘들다. 너도 나도 “하고 싶은 것을 하라”고 말하지만 막상 하고 싶은 것을 일로 하면, 하고 싶던 것이 싫어지는 경우도 종종 생긴다. 물론 자신이 정말 ‘좋아하는 일’을 하게 되는 것과는 ‘하고 싶은 일’이라는 면에서 다르다. 하고 싶은 일을 하는 사람이 많지는 않다. 그래서 일을 하면서도 다른 일을 꿈꾼다. 막상 꿈꾸는 일을 한다 해도 별것 없는데도 말이다. 일 자체에 얽매이면서 일터에 우리 스스로를 던져 놓는 일이 쉽지 않다. 진짜 자신의 일을 사랑하는 사람들이 부럽다. 나는 일에 구속되어 가는 것 같은데 어떤 사람들은 일 자체를 즐긴다. 그런 사람들은 일을 하고 있는데 자유롭다.

훈이는 나와 함께 대학교 때 붕어빵을 팔았었다. 그때 우리의 붕어빵집 이름은 ‘정장 입은 남자들의 붕어빵’이었다. 나와 훈이는 싸구려 정장을 입고 추운 겨울에 덜덜 떨면서 붕어빵을 팔았다. 문제는 제대로 구워지지 않았고 대부분 다 타서 버렸다. 더 웃긴 건, 제대로 구워진 붕어빵은 춥고 배고파서 우리가 먹어버렸다. 아직도 그때 일을 이야기하면 배꼽 빠지게 웃는다. 4년이 흘렀다. 나는 취직을 했고 훈이는 취직에 실패했다. 그런데 낙담을 하고 있을 줄 알았던 훈이에게서 '나는 붕어빵을 팔래'라는 문자가 왔다. 그리고 훈이는 그때부터 붕어빵을 다시 팔기 시작했다. 우리가 함께 정장을 입고 붕어빵을 팔던 그 장소에서 다시 시작한 것이다. 훈이는 2012년 당시 재미있는 생각을 했다. 붕어빵에 팥 말고 다른 것을 넣고 싶다고 했다. 그러곤 일본으로 날아가 다양한 붕어빵을 배워왔고 팔기 시작했다. 불티나게 팔렸다. 돈도 많이 벌었고 그는 붕어빵이 그냥 자신의 인생이었다. 지금은 C대학가 앞에서 알아주는 맛집이다. 2년 만에 훈이를 만났다. 여름이었는데 그는 씩씩거리고 있었다. 내가 왜 그러냐고 묻자 훈이는 단호하게 말했다.

"실은 나 어제부터 붕어싸만코와 전쟁을 선포했어."

그 당시 훈이는 붕어빵에 소프트 아이스크림을 넣어서 팔고 있었다. 너무 진지하게 이야기해서 웃을 수도 없었다.

진짜 일을 사랑하는 사람과 아닌 사람이 일을 할 때의 차이점은 딱 한 가지다. 생활의 달인에서 보이는 다양한 직업군의 사람들도 비슷한 이야기를 한다. 일을 사랑한다는 것은 자신의 일을 바라보는 관점이 명확하다. 창피해하지 않는다. 힘들지만 보람이 있다고 여긴다. 누군가 물으면 정확하게 "나는 어떤 일을 어떻게 하는 사람입니다"라고 설명한다. 자신을 소개하는 목소리에 힘이 있다.

보통 사람들은 '어떤' 일을 하느냐가 그 사람의 가치와 가능성을 결정한다고 생각한다. 그래서 의사, 판사, 변호사, 변리사 기타 등등 누가 봐도 우러러보는 직업을 가지고 있으면 사람들은 그 사람을 '다르게' 본다. 그러나 자신의 삶을 '다르게', 그러니까 내 일에 구속되지 않고 일을 사랑하는 사람들은 자신의 '일'을 '다르게' 본다. 그래서 스스로 자신이 하고 있는 일을 '어떻게' 생각하느냐가 사실은 훨씬 더 중요하다. 남들이 보기에는 별 볼 일 없는 일일지 몰라도, 그 별 볼 일 없는 일에서의 블루칩은 늘 그 일을 '다르게' 생각하는 사람으로부터 생겨난다.

'어떤' 일을 하느냐가 아니라 일을 하는 사람이 그 일을 '어떻게' 생각하느냐가 더 중요하다. "어떤 일을 하고 있어?"라는 질문을 받았을 때 "나는 어떤 일을 하고 있어"라는 말로는 부족하다. 사실은 그 '어떤' 앞에 정확한 형용사가 필요하다. 가령 "아이들이 행복하게 읽을 수 있는 책을 쓰고 있어", "아이들이 세상을 알고 느낄 수 있도록 가르치는 일을 하고 있어", "죄는 미워하되 사람은 미워하지 않도록 노력하는 판사로 일하고 있어", "세상의 모든 치통을 물리치며 사람들의 이를 치료하는 일을 하고 있어", "오늘도 거리를 깨끗하게 청소하는 일을 하고 있어"처럼 말이다. 자신의 일에 대한 고민이 깊은 사람들은 결코 '선생님, 판사, 의사'라고 말하지 않는다. 오히려 남들이 "저 사람 의사래, 저 사람 변호사래"라고 말한다. 수식어는 우리만 붙일 수 있다. 우리가 어떻게 생각하느냐에 달려있다. 어떤 일을 하든 자신의 일을 '다르게' 생각하는 사람들은 반짝반짝 빛난다. 눈부시다.

그럼에도 일은 힘들다. 생에 연결되어 있는 노동을 해낸다는 것은 대단히 어렵지만 가치 있는 일이다. 그래서 일은 우리를 자유롭게 한다. 우리는 뭐라도 될 수 있으니까.

Thanks to / 덕분에

계획했던 것은 아니지만 글을 마친 다음 날, 여행길에 올랐습니다. 긴 시간 비행 후에 도착한 어느 나라의 한 카페에서 이번 책의 '덕분에'를 씁니다. 이번 이야기는 아무것도 모를 때 썼던 『너만 그런 거 아니야』보다 훨씬 부담스러웠습니다. 한 문장도 써내려가지 못해 할 수 없이 모니터를 꺼야 했던 날이 많았습니다. 이야기의 중심이 이리 갔다 저리 갔다 하는 통에 영 갈피를 잡지 못했습니다. 그래서 꽤 오랜 시간이 걸렸습니다. 다만, 지나고 보니 그러한 과정이 필요한 시간이었는지도 모르겠다는 생각이 듭니다. 책의 주제가 '부담'이라 그런지 저 또한 많이 부담스러웠나 봅니다.

낯선 땅에서 하나의 춤을 만났습니다. 어디선가 '인간의 춤은 중력의 힘에서 벗어나고 싶은 인간의 열정'이라는 표현을 본 적이 있습니다. 그러나 제가 본 이들의 춤은 하늘을 향해 있는 것이 아니라 땅을 향해 있었습니다. 그래서 뛰지 않고 발을 굴려 땅을 울립니다. 그 발걸음에 헤아릴 수 없는 열정이 있었습니다. 슬픔을 이겨내기 위한 '발악'이라고도 느껴졌습니다. 그들은 삶이 저 하늘에 있지 않고 발아래에 있다는 것을 알았는지도 모르겠습니다. 아름답지 않고 오히려 비참해 보였습니다. 그래서 박수보다는 눈물이 흘러내렸습니다. 자연스럽게 더 뜨거운 박수가 나올 수밖에 없었습니다.

우린 우리가 살고 있는 순간에서 늘 휘청거립니다. 아무것도 아닌 바람에 흔들려 뿌리가 뽑히는 경험을 하기도 합니다. 하지만 그 바람에 실려 꽃을 피우기도 합니다. 예상했지만 예상대로 되지 않고, 의외의 상황에서 계획한 일처럼 이루어지기도 합니다. 이 책은 그런 마음으로 써내려간 이야기들입니다. 그래서 더없이 방황했습니다. 그렇게 겨우 '결정했어, 부담 갖지 않기로'라는 이야기로 우리가 살면서 주춤거리는 일들에 대해 이야기하고 싶었습니다. '그래, 그랬구나. 나도 그랬던 것 같아'하는 마음이 일으켜지길 바랍니다. 주변에서 작고 큰일을 겪는 사람들에게 조그만 용기가 되는 이야기

이길 바랍니다.

세상은 결국 떠나서 돌아오는 여정입니다. 떠나는 순간 작고 큰일들을 마주합니다. 부담스럽기도 하고 기꺼울 때도 있을 겁니다. 시간을 지나 마침내 집으로 돌아와서야 조금 편하게 몸을 기대고 누울 수 있는 게 우리들의 시간입니다. 여러분의 끊임없는 걸음을 응원합니다. 때로는 눈물짓는 그 순간도 응원합니다. 수많은 작고 큰 부담을 넘어가는 당신의 여정에 '파이팅'을 외칩니다. 당신의 뜨거운 눈물이 사랑받는 날이 오기를 바랍니다. 그 길에 이 이야기들이 조금이나마 힘이 되었으면 합니다.

저도 다시 떠나려 합니다. 두렵고 무섭습니다. 아마 무릎이 시리도록 발을 굴려야 할 것 같습니다. 언젠가 집으로 다시 돌아오는 순간, 여러분에게 또 이야기를 풀어내겠습니다. 그때 저에게도 뜨거운 박수와 응원을 보내주시기 바랍니다. 덕분입니다. 감사합니다.

Special Thanks to

존재만으로 힘이 되어주는 아버지, 어머니 언제나 따뜻한 시선을 보내주시는 아버님, 하늘에서 기도해주실 어머님, 언제나 그립고 사랑하는 어송, 나를 지지해주는 선희, 인숙, 지혜 처제, 광열이, 사랑스러운 수아, 수연, 수영이, 내 인생 최고의 선택 아내 선미, 그리고 지금 엄마 뱃속에 있는 우리 '짱짱이' 덕분입니다.

같이 늘 고민해주는 쉼 대표님, 그리고 실장님, 존경하는 백유인 형님, 아끼는 교원 패밀리(누군지는 본인들이 아실 거라고 믿습니다.) 존경하는 스승님, 사랑하는 제자들, SIX DRAGON, ALWAYS, 친구들, 동생들…. 삶을 지탱하는 다리가 되어 주어 감사합니다. 덕분입니다.

이 모든 순간이 있게 해 주신 하나님께 모든 영광을 돌립니다.

결정했어, 부담 갖지 않기로

초판 1쇄 찍은날 2018년 8월 22일

초판 1쇄 펴낸날 2018년 8월 30일

글 이인석

펴낸이 박성신 | 펴낸곳 도서출판 쉼

등록번호 제406-2015-000091호

주소 경기도 파주시 문발로115, 세종벤처타운 304호

대표전화 031-955-8201 | 팩스 031-955-8203

전자우편 8200rd@naver.com

ISBN 979-11-87580-25-6